剣客春秋親子草

剣狼狩り

鳥羽　亮

剣客春秋親子草

剣狼狩り

【主な登場人物】

千坂彦四郎《ちさかひこしろう》――一刀流《いっとうりゅう》千坂道場の道場主。若いころは放蕩《ほうとう》息子であったが、千坂藤兵衛と出逢い、剣の道を歩む。藤兵衛の愛娘《まなむすめ》・里美と世帯をもち、千坂道場を受け継ぐ。

里美《さとみ》――父・藤兵衛に憧れ、幼いころから剣術に励み、「千坂道場の女剣士」と呼ばれた。彦四郎と結ばれ、一女の母となる。

千坂藤兵衛《とうべえ》――千坂道場の創始者にして一刀流の達人。早くに妻を亡くし、父娘の二人暮らしを続けていたが、縁あって彦四郎の実母・由江と夫婦《めおと》となる。

由江《よしえ》――料亭「華村《はなむら》」の女将《おかみ》。北町奉行と理無《わりな》い仲となり、彦四郎をもうける。

目次

第一章　華村

1

「藤兵衛《とうべえ》どの、入りますよ」

障子のむこうで由江《よしえ》の声がし、障子があいた。

由江は湯飲みを載せた盆を手にしていた。茶を淹《い》れてくれたらしい。

千坂《ちさか》藤兵衛は柳橋にある料理屋、華村《はなむら》の座敷にいた。そこは、帳場の奥にある小座敷で、藤兵衛と由江の居間のようになっていた。藤兵衛は昼食《ちゅうじき》の後、やることもないので横になっていたのだ。

藤兵衛は慌てて身を起こして座り、だらしなくはだけていた襟を直した。

「茶がはいりましたよ」

由江は藤兵衛の膝先《ひざさき》に湯飲みを置いた。

由江は華村の女将《おかみ》だった。色白でほっそりとしている。面長で切れ長の目、形のいい唇、かなりの歳《とし》だが、ふけた感じはしなかった。老舗《しにせ》の料理屋の女将らしい、色と艶《つや》がある。

藤兵衛は由江の亭主だったが、由江は、藤兵衛のことをおまえさんとも旦那さまとも呼ばなかった。いっしょに暮らすようになる前は、千坂さまと呼んでいたが、いまは藤兵衛どのである。

「おお、すまんな」

藤兵衛は膝先の湯飲みに手を伸ばした。

藤兵衛の顔に照れたような表情があった。由江といっしょになって、二年の余が経《た》つが、こうしてふたりだけで顔を突き合わせると、何となく落ち着かないのだ。無理もない。藤兵衛はすでに還暦を過ぎた老齢だった。それに、武士だったし、由江と夫婦になったのも歳をとってからである。藤兵衛は鬢《びん》や髷《まげ》に白髪が目立った。丸顔で目が細く、野辺の地蔵を思わせるような柔和な顔をしている。

藤兵衛の出自は、御家人の冷や飯食いだった。何とか剣で身を立てようと少年のころから一刀流の道場に通い、出色の遣い手になった。その後、神田《かんだ》豊島町《としまちょう》に千坂道場をひらき、道場主として長く暮らしてきたのだ。それが、いまは料理屋のあるじである。

「いまごろ、お花《はな》ちゃんは竹刀《しない》をふりまわしているでしょうかね」

由江が目を細めて言った。

お花は、藤兵衛と由江にとってただひとりの孫だった。女児《おんなのこ》で、まだ七つである。

「そうだな、花は里美《さとみ》に負けない遣い手になるかもしれんぞ」

里美は藤兵衛のただひとりの実子だった。

藤兵衛は若いころ、おふくという町人の娘といっしょになり、里美が生まれたのだ。里美は物心ついたときから、道場を遊び場にしてきた。そして、子供のころから、門弟に交じって竹刀を振るようになった。母親のおふくが早く亡くなったこともあり、里美は道場主の父と門弟たちのなかで育ったのだ。里美が、父のように剣術が強くなりたい、と思ったのも自然の成り行きだったのかもしれない。

里美は「千坂道場の女剣士」と呼ばれるほどの遣い手になった。そして、千坂道場の門弟だった彦四郎《ひこしろう》といっしょになり、生まれた子がお花である。

お花は里美と同じように剣術道場に生まれ、門弟たちのなかで育てられたといってもいい。そうしたこともあって、お花は母親の里美とともに道場で竹刀を振ったり、門弟たちに交じって稽古《けいこ》の真似事《まね》をするようになったのだ。

「お花ちゃんには、女らしく育ってほしい気もしますけど……」

由江がつぶやくように言った。

「案ずるな。里美も、あれで女らしいところがある」

藤兵衛が湯飲みを手にしたまま言った。

「そうですねえ。里美さん、剣術が強いなどとは思えないほど女らしいですものね」

「彦四郎は、料理屋の倅《せがれ》とは思えないほど武士らしい男だ」

そう言って、藤兵衛は口許《くちもと》に笑みを浮かべた。

彦四郎は、由江の倅だった。料理屋の倅が武士として育てられ、剣術道場の門弟になったのは、それなりの理由があった。

由江は客として華村にきた大身《たいしん》の旗本、大草安房守高好《おおくさあわのかみたかよし》と情を通じ、生まれた子供が彦四郎だった。そのため、由江は彦四郎を武家の子として育てようとしたのだ。

その後、大草は勘定奉行を経て北町奉行に栄進したこともあり、まったく由江の許に姿を見せなくなった。大草にしてみれば、町奉行が料理屋の女将に子を産ませ、隠し子として育てていることを世間に知られたくなかったのだろう。

由江と大草のかかわりは、すっかり切れていた。町奉行になってから、二十数年もの間、由江は大草と会うどころか、その姿も見ていなかったのだ。由江にとって、大草は別世界に住む過去の男である。

一方、彦四郎は大草が自分の父親であることは知っていたが、親子の情はまったくなかった。大草の顔を見た記憶もなく、彦四郎にとっては赤の他人と同じである。会いたいという気持ちすらなかったのだ。

「あの子が、剣術道場の跡を継ぐなんて、夢にも思いませんでした」

由江がしんみりした声で言った。

「わしは、いい跡取りができたと喜んでいるのだ」

嘘ではなかった。藤兵衛は、千坂道場を継ぐのは彦四郎しかいない、と以前から思っていたのだ。

藤兵衛と由江がそんな話をしていると、廊下を慌ただしく歩く足音がし、障子があいて、女中のお松《まつ》が顔を出した。お松は四十半ば。華村に長年勤め、女中頭をしていた。肉置《ししおき》が豊かで、樽《たる》を思わせるような胴回りをしている。

「お、女将さん、二階の座敷のお侍さまが、女将さんを呼べと言って……」

お松が声を震わせて言った。

「守蔵《もりぞう》さんたちですか」

由江の顔に、困惑したような表情が浮いた。

「そうです。……女将さん、どうします」

お松が、藤兵衛にも目をやって訊《き》いた。

「由江、守蔵という男は」

藤兵衛が訊いた。

「十日ほど前に、守蔵という方がお侍を連れてきましてね。この店を手放す気はないかと言われたんです。手放す気はないとはっきり言ったんですけど、守蔵さんは、また来るから、それまでによく考えておいてくれ、と言い置いて帰ったんです。その方たちが、また来て……」

由江が眉を寄せて言った。

「わしも、いっしょに行って話を聞いてみよう」

藤兵衛は、守蔵が武士を連れてきていることが気になったのである。

「藤兵衛どのも行ってくださいますか」

由江がほっとしたような顔をした。

「これでも、由江どのの亭主だからな」

そう言って、藤兵衛は腰を上げた。

これまで、藤兵衛は華村がならず者や徒牢人《いたずらろうにん》などに嫌がらせをうけたり、金を脅し取られそうになったときなど店を守ってきたのだ。藤兵衛は華村の用心棒のような存在でもあった。

2

お松が藤兵衛を連れていったのは、二階の隅の座敷だった。そこは上客用の座敷で、離れのようになっていた。

お松が廊下側の障子をあけた。座敷のなかほどに、酒肴《しゅこう》の膳《ぜん》を前にして三人の男が座っていた。ふたりが町人で、武士はひとりである。町人のひとりは商家の旦那ふうの男で、唐桟《とうざん》の羽織に渋い茶の角帯をしめていた。この男が守蔵らしい。もうひとりは、遊び人ふうだった。棒縞《ぼうじま》の小袖《こそで》に角帯姿である。

武士は羽織に小袖姿だった。牢人かもしれない。身辺に荒んだ雰囲気がただよっていた。面長で顎《あご》がとがり、細い目をしていた。武士は由江につづいて入ってきた藤兵衛に、刺すような鋭い目をむけた。

由江は障子近くに座し、

「いらっしゃいまし、女将の由江でございます」

と挨拶《あいさつ》し、深々と頭を下げた。

藤兵衛は由江の脇に腰を下ろし、ちいさく頭を下げただけだった。お松は由江の背後にひかえている。

藤兵衛は念のために、脇差《わきざし》だけ手にしてきた。お松から、侍がいると聞いたからである。

「女将、いっしょの方は、どなたかな」

守蔵が、藤兵衛に目をやりながら訊いた。

すると、由江が答える前に、藤兵衛が名乗った。

「てまえは、この店のあるじ、藤兵衛にござる」

藤兵衛は千坂の姓を口にしなかった。

「この店は、むかしから女将が切り盛りしていると聞いたがな」

守蔵が口許に薄笑いを浮かべて言った。

すると、旦那ふうの男の脇に座していた武士が、

「おぬし、武士だな」

と、藤兵衛を見すえて言った。

「むかしは武士だったが、いまはこの店のあるじだ」

藤兵衛は平然としていた。

「遣い手のようだ」

武士が低い声で言った。

「おぬしこそ、なかなかの腕らしい」

藤兵衛は武士を見て、武芸の修行で鍛えた体であることが分かった。首が太く、胸が厚かった。それに、座した姿に隙《すき》がなく、腰が据わっていた。

つづいて口をひらく者がなく、座敷は重苦しい沈黙につつまれたが、由江は守蔵

が黙ったままなのを見て、

「ごゆっくり、なさってくださいまし」

と言って、腰を上げようとした。

「待て」

守蔵が制した。

「女将、この前、話した件だが、決心がついたのか」

「この前もお断りしましたが、いまも変わりません。華村は、父、幸右衛門《こうえもん》から引き継いだ大事な店です。お売りする気はまったくございません」

由江がはっきりと言った。

由江は、華村のあるじだった幸右衛門の娘だった。幸右衛門が亡くなった後、由江は女将として女手ひとつで華村を切り盛りしてきたのだ。

「女将、どうあっても、この店は手放してもらいたい」

守蔵が由江を睨《にら》みつけて言った。凄《すご》みのある顔である。

「で、できません」

由江の声が震えた。

「分かった。百両にもう百両上積みして、二百両出そう。二百両ならいいだろう。そこにいる旦那と金の心配をせずに、当分暮らせるぞ」

守蔵が揶揄《やゆ》するように言った。

「たとえ、千両積まれても、この店を手放すつもりはございません」

由江が声高に言うと、

「そのほう、聞いたか。……料理代はいらぬ。すぐに、ここから出ていってもらおう」

藤兵衛が語気を強くして言った。

「野郎！　言わせておけば、いい気になりゃァがって、生かしちゃァおかねえぞ」

これまで黙っていた遊び人ふうの男が立ち上がり、懐《ふところ》から匕首《あいくち》を取り出した。顔がひき攣《つ》ったようにゆがみ、目がつり上がっている。

藤兵衛は脇差を手にして、立ち上がり、

「死にたくなければ、刃物はしまえ」

そう言って、脇差を抜く体勢をとった。

「な、なんだと！」

遊び人ふうの男が匕首を構え、いまにも飛びかかってきそうな気配を見せた。

「待て、匕首をしまえ！」

武士が遊び人ふうの男を制した。

「この男は、遣い手だ。仕掛けると、首を落とされるぞ」

「……………！」

遊び人ふうの男の顔に、恐怖の色が浮いた。手にした匕首が、小刻みに震えている。

座敷にいる男たちは、いずれも動きをとめた。息詰まるような緊張が、座敷を支配している。

「政《まさ》、匕首をしまえ！」

守蔵が叱咤《しった》するような声で言った。

政、と呼ばれた男は、首をすくめるように守蔵に頭を下げ、手にした匕首を懐にしまった。

「今日のところは、引き上げるしかないな」

そう言って、守蔵が立ち上がり、

「女将、今日はこのまま引き下がるが、これで華村を諦めたわけではないぞ。今度会ったときは、女将の方から華村を引き取ってくれ、と泣きながら頼むはずだ」

と、口許に薄笑いを浮かべて言った。

「おまえたちこそ、二度とこの店には入れぬ」

藤兵衛が守蔵を見すえて言った。

「旦那も、首でも洗って待ってるんだな」

守蔵がそう言い捨て、ふたりを連れて座敷から出ていった後、

「と、藤兵衛どの、どうしたらいいですか」

由江が声を震わせて訊いた。

「わしが、華村を守る。あやつらに、勝手な真似《まね》はさせぬ」

藤兵衛が強い口調で言った。

3

千坂道場では、若い門弟が十人ほど、気合を発しながら木刀を振っていた。どの

顔にも汗が浮き、稽古着《けいこぎ》は汗で濡《ぬ》れていた。

千坂道場の門弟は、四十人余いた。近隣の御家人や小身《しょうしん》の旗本の子弟がほとんどである。そうした門弟たちの多くが、午後の稽古が終わると帰ったが、若い門弟たちが居残って木刀の素振りを始めたのだ。

千坂道場の稽古時間は、朝が五ツ（午前八時）から四ツ半（午前十一時）ごろまで、午後は八ツ半（午後三時）から一刻（二時間）ほどとされていた。ただし、午後の稽古は参加も時間も自由だった。それでも、多くの門弟が午後の稽古に参加し、小半刻《こはんとき》（三十分）ほど前に稽古を終えたのだ。

午後の稽古の後、若林信次郎《わかばやししんじろう》、佐原欽平《さはらきんぺい》、木村助三郎《きむらすけさぶろう》、坂口綾之助《さかぐちあやのすけ》などの若い門弟たちが、居残ったのである。

その若い門弟たちに交じって、七、八歳と思われる女児が、竹刀を振っていた。道場主、千坂彦四郎の愛娘《まなむすめ》、お花である。

お花は、ヤッ！　ヤッ！　と気合を発し、門弟たちの使う木刀でなく竹刀を振っていた。お花の色白のふっくらした頰《ほお》が朱を刷《は》いたように染まっている。

お花の手にしている竹刀は定寸より短く、二尺ほどしかなかった。父親の彦四郎が竹刀の割竹を切りつめて、お花のために作ってやったものである。

お花は頭髪を銀杏返《いちょうがえ》しに結う年頃だったが、無造作に後ろで束ねているだけだった。稽古着も、門弟たちと同じように筒袖と短袴《たんこ》である。こちらは、母親の里美がお花のために縫ってやったものだ。

里美は道場の隅に立って、お花に目をやっていた。里美はちいさめに丸髷を結い、額に白鉢巻きをして汗止めをしていた。小袖の袂《たもと》を襷《たすき》で絞っている。

里美はお花だけでなく、他の若い門弟にも、「背筋を伸ばして！」「手の内を絞って！」などと声をかけていた。里美は女ではあったが、一刀流の遣い手だった。彦四郎が藤兵衛の跡を継いで道場主になったので稽古をやめたが、それまで門弟たちに交じって稽古をやったり、若い門弟たちに指南したりしていたのだ。

彦四郎と師範代の永倉平八郎《ながくらへいはちろう》は、道場の隅で一刀流の型稽古を始めようとしていた。門弟たちに指南するだけでは、己の腕が落ちる。そのため、まだ若い彦四郎と永倉は己の腕を磨くために、午後の稽古が終わった後、打ち込みや型稽古をすることがあったのだ。

型稽古は木刀を遣い、打太刀《うちだち》（指導者）と仕太刀《しだち》（学習者）に分かれ、一刀流の刀法を決まった動きのなかで身につけるものである。

「永倉、手繰打《たぐりうち》からやるか」

　彦四郎が言った。

　手繰打は、鍔割《つばわり》とも呼ばれる一刀流の籠手打《こてうち》ちの妙手だった。

　彦四郎は三十がらみだった。色白で鼻筋がとおり、端整な顔立ちをしていた。若いころは、優男で頼りなげなところがあったが、いまはちがう。ひきしまった顔付きで、道場主らしい落ち着きと威風があった。

「おお!」

　永倉は木刀を手にして彦四郎と対峙《たいじ》した。

　永倉は三十過ぎだった。偉丈夫で、がっちりした体付きをしていた。眉が濃く、大きな鼻をし、頤《おとがい》が張っている。熊のような大男だが、愛嬌《あいきょう》があった。よく動く丸い目のせいらしい。

　まず、道場主の彦四郎が打太刀、師範代の永倉が仕太刀になった。

　彦四郎は八相《はっそう》の構えから両拳を下げて、木刀を顔の脇に立てた。これを、一刀流では陰《いん》の構えと呼んでいる。

一方、永倉は青眼《せいがん》に構えて、剣尖《けんせん》を彦四郎の喉元《のどもと》につけた。永倉も遣い手で、構えに隙がなかった。

彦四郎の陰の構えと永倉の青眼は、手繰打に入るときの決まった構えである。

「まいる！」

彦四郎が先に動いた。

永倉は動かず、青眼に構えている。

彦四郎は、斬撃《ざんげき》の間合に踏み込むや否や、真っ向に打ち込んだ。すかさず、永倉は身を引きざま、彦四郎の喉元に突きをみまった。

彦四郎は素早い動きで身を引き、上段に振りかぶった。そのとき、永倉は大きく踏み込んで、彦四郎の籠手を打った。

これが手繰打だった。仕太刀である永倉が突きをみまい、打太刀である彦四郎が身を引きざま上段に振りかぶる際の一瞬の隙をとらえ、袖先を手繰るようにして籠手を打つのである。

むろん、実際に相手の籠手を打つようなことはしない。永倉は手の内を絞り、彦四郎の右腕から一寸ほどの間をとって木刀をとめていた。

「籠手に決まったな」

彦四郎が木刀を下ろして言った、

「いま、一手！」

永倉はふたたび間合をとって彦四郎と対峙した。

彦四郎と永倉が小半刻（三十分）ほど型稽古をつづけたとき、「爺々《じじ》さまだ！」

とお花が声を上げた。

藤兵衛が、道場に入ってきた。門弟たちは木刀を下ろして藤兵衛に目をやり、挨拶をしようとして体をむけた。

「そのまま、稽古をつづけてくれ」

藤兵衛は門弟たちに声をかけ、稽古の邪魔にならないように道場の隅をまわって師範座所の方へ進んだ。

門弟たちは木刀の素振りや打ち込みの稽古をつづけたが、彦四郎と永倉だけは木刀を下ろした。

「義父上《ちちうえ》、何かありましたか」

彦四郎が藤兵衛に訊いた。藤兵衛の顔に、ふだんとはちがう憂いの翳《かげ》があるのを見てとったのだ。

「いや、たいしたことではない」

藤兵衛は苦笑いを口元に浮かべただけで何も言わず、師範座所に腰を下ろして若い門弟たちの稽古に目をやった。藤兵衛は道場主だったころから、その場に腰を下ろして門弟たちの稽古に目をやることが多かったのだ。

それからしばらくして門弟たちの稽古が終わると、藤兵衛、彦四郎、里美、お花の四人は道場の裏手にある母屋に引き上げた。

4

藤兵衛は、母屋の縁先に腰を下ろした。狭い庭に、太い榎《えのき》が一本だけ枝葉を茂らせていた。一抱えほどもある太い幹の樹肌に、所々削られたような箇所があった。いまはやらないが、里美が六つ七つのころから剣術の稽古のために木刀でたたいた傷跡だった。里美は道場の稽古が終わった後も、榎の幹を相手に独り稽古をやったのである。

その傷跡は黒ずんだ古いものが多かったが、新しいものもあった。ちかごろは、お花が庭に出て榎相手に独り稽古をするようになったのだ。

「義父上、華村で何かあったのでは」

彦四郎が、藤兵衛の脇に腰を下ろして訊いた。

里美とお花は、その場にいなかった。里美が「茶を淹れます」と言って台所にむかうと、その後をお花もついていったのだ。

「実は、困ったことがあってな」

藤兵衛が榎に目をやったまま言った。

「何があったのです」

彦四郎が訊いた。

「二日前、華村に三人の男が姿を見せたのだ」

藤兵衛はそう前置きし、守蔵、武士、遊び人ふうの男三人とのやりとりを話し、

「このまま済むとは思えんのだ」

と、言い添えた。

「守蔵たちは、華村を買い取って何をしようとしているのです」

彦四郎が小声で訊いた。顔を憂慮の翳《かげ》が色濃くおおっている。彦四郎も、このままでは済まないと思っているようだ。

「分からん。……それに、うちの店だけではないらしいのだ」

藤兵衛は、守蔵たちが来た翌日、華村の隣にある老舗《しにせ》のそば屋、富乃屋《とみのや》にも守蔵たちが出向き、店を売るように迫ったことを耳にしたのだ。

「富乃屋はどうしました」

「やはり、断ったそうだが、あるじの益造《ますぞう》はひどく困っているようだ」

「そうでしょうね」

「富乃屋もそうだろうが、うちもこのままで済むとは思えぬ。……三人だけで来るなら、わしひとりで何とかなるが、多勢で押し入ってくるとな」

藤兵衛は、由江に危害を加えられたり、店を壊されたりすることを恐れたのだ。

彦四郎はいっとき黙したまま虚空を見すえていたが、

「義父上、わたしが華村から道場に通いましょうか」

彦四郎が、藤兵衛に顔をむけて言った。

「華村で寝起きするのか」

「そうです。華村から道場まで、そう遠くはありません。もっと遠くから通っている門弟は、いくらもいますから」

「うむ……」

確かに、華村のある柳橋から道場のある豊島町は遠くない。多くの門弟が、もっと遠方から道場に通っている。

「里美とお花は、どうするのだ」

藤兵衛が訊いた。

「しばらく、ふたりだけでここに住むことになりますが……」

彦四郎の顔に不安そうな色が浮いた。女ふたりだけで、道場の裏手の母屋で寝起きするのは、不用心と思ったのかもしれない。

「どうだ、しばらくの間、里美とお花もいっしょに華村に来ないか。由江も喜ぶのではないかな」

藤兵衛が妙案を思い付いたかのように声を大きくして言った。

そこへ、里美が茶を持って縁先に出てきた。お花もいっしょである。

「父上、義母上《ははうえ》が喜ばれるって、何のことです」

里美が湯飲みを藤兵衛の膝の脇に置きながら訊いた。藤兵衛の声が聞こえたらしい。

「い、いや、ちと、華村で困ったことがあってな」

そう言ってから、藤兵衛はこの場で里美に話していいものかどうか迷ったが、里美とお花を華村に連れていくことになれば、話さねばならないと思い、これまでのことをかいつまんで話し、

「しばらく、彦四郎と三人で華村に来てほしいのだ」

と、言い添えた。

すると、里美の脇で話を聞いていたお花が、

「爺々《じじ》さま、わたしも華村に行くの」

と、身を乗り出して訊いた。

「そうだ。父上と母上もいっしょだ」

「わたし、華村に行く！」

お花が嬉《うれ》しそうな声を上げ、里美と彦四郎に目をやった。

「里美、どうする」

彦四郎が里美に目をやった。

「彦四郎さまさえよければ……」

里美は、いまでも彦四郎さまと呼んでいた。彦四郎が門弟だったころの呼び方のままである。

「よし、しばらく華村に世話になろう」

彦四郎が声を大きくして言った。

「華村に、泊まるの」

お花が、里美に顔をむけて訊いた。

「そうですよ。みんな、いっしょにね」

「わァい！　みんな、いっしょだ」

お花が喜びの声を上げた。

「このことを由江に知らせよう」

そう言って、藤兵衛は腰を上げた。

さっそく、彦四郎と里美は華村で暮らすための支度を始めた。ただ、引っ越しというほど大袈裟《おおげさ》なものではない。三人の寝間着と身のまわりの物だけ、風呂敷に包めばそれで済む。華村は料理屋だったので、飲み食いの心配はない。座敷もあいているし、彦四郎たちの夜具もある。それに、連日道場に来ることになるので、必要な物があればいつでも運べるのだ。

5

彦四郎たち家族が、華村に寝泊まりするようになって十日ほどが過ぎた。その日、藤兵衛は午後の稽古が終わる前にひとり千坂道場を出た。

朝方、道場へむかうため華村を出ようとしたとき、お松が近付いてきて、

「藤兵衛さま、気になることを平造《へいぞう》さんから聞いたんですけど」

と、声をひそめて言った。

平造は、華村の板場をあずかっている包丁人である。

「気になるとは」

「今朝、平造さんが店に入るとき、うろんな男が店をうかがってたらしいんですよ」

お松が、さらに藤兵衛に身を寄せて言った。

「うろんな男だと」

藤兵衛が聞き返した。

「富乃屋さんの脇から、うちの店先をうかがっていたようです」

「うむ……」

藤兵衛は、華村に来た守蔵の仲間ではないかと思った。

「それにね、五兵衛《ごへえ》さんが、店から帰る途中、お侍に旦那のことを訊かれたそうですよ」

五兵衛は、華村で長く下働きをしている男である。

「五兵衛は何を訊かれたのだ」

「藤兵衛さまが、華村に来る前、何をしていたのか訊かれたそうです」

「それで、五兵衛はわしのことを話したのか」

「剣術の道場をひらいていたとしゃべったようですよ。五兵衛さん、まったくおしゃべりなんだから」

お松が眉を寄せて言った。

藤兵衛は、まずい、と思ったが口にはせず、

「仕方ないな。いずれは知れることだ」

と言い置いて、その場を離れた。

藤兵衛は歩きながら、華村の奉公人に口止めしておかなかったのだから、五兵衛を責められないと思った。

今朝、出がけに、藤兵衛はお松から話を聞いていたこともあり、午後の稽古が終わる前に千坂道場を出たのだ。

藤兵衛が道場の前の通りを柳原《やなぎわら》通りにむかっていっとき歩いたとき、午後の稽古を早めに切り上げた門弟の木村と若林が、遠ざかっていく藤兵衛の後ろ姿を目にし、

「大師匠だ」

と、若林が言った。

若林は、早めに道場の着替えの間に入ったので、藤兵衛が道場を出るのを目にしていなかったのだ。若林は藤兵衛が道場主だったころからの門弟で、藤兵衛のことを大師匠と呼んでいる。

「今日は、早めに帰られたようだ」

そう言って、木村が歩き出そうとしたとき、通り沿いの店の脇から男がふたり姿をあらわした。ひとりは牢人体《てい》の武士で、もうひとりは遊び人ふうの男だった。ふたりは、物陰に身を隠すようにして藤兵衛についていく。

「おい、あのふたり、大師匠を尾《つ》けているのではないか」

木村が言った。

「そうかもしれん」

若林の顔がけわしくなった。

「どうする」

「ともかく、お師匠に知らせよう」

木村は、ふたりの男が藤兵衛を襲うのではないかと思ったのだ。木村は藤兵衛の住む華村に何かあって、彦四郎や里美が華村から道場に通っていることを知っていたのだ。

ふたりは急いで道場にもどり、門弟たちの稽古の様子を見ていた彦四郎に、

「お師匠、いま通りで、ふたりのうろんな男を見かけました。大師匠の跡を尾けていくようでした」

木村が口早に言うと、脇に立っていた若林が、

「ひとりは牢人のようでした」

と、言い添えた。

「なに、義父上の跡を尾けたと」

彦四郎はすぐに、道場のなかほどで門弟たちの稽古を見ていた永倉に、ふたりの男が藤兵衛の跡を尾けていることだけ話し、

「手を貸してくれ」

と、頼んだ、そして、木刀を手にした。刀を持参する間がなかったのだ。それに、相手にもよるが、木刀でも十分闘える。

永倉も、木刀を手にして彦四郎につづいた。

彦四郎は、異変を察知した里美が戸口近くまで追ってくるのを目にし、「里美、後を頼む」とだけ言い置き、表通りに飛び出した。

このとき、藤兵衛は柳原通りの近くまで来ていた。柳原通りに出てから神田川にかかる新シ橋を渡り、川沿いの道を東にむかえば華村のある柳橋に出られる。

藤兵衛は柳原通りの手前まで来たとき、前方の道沿いにあった狭い空き地の脇に立っている人影を目にした。武士である。小袖にたっつけ袴、草鞋《わらじ》履きで大小を帯び、網代笠《あじろがさ》をかぶっていた。武芸者のような扮装《いでたち》である。

……あやつ、ただ者ではない。

と、藤兵衛は思った。

武士は肩幅がひろく、どっしりとした腰をしていた。武芸の修業で鍛えた体であることが遠目にも分かる。

武士は通りのなかほどまで出てくると、体を藤兵衛にむけた。藤兵衛が近付くのを待っているようだ。

藤兵衛は、武士の姿に見覚えはなかったが、身辺に殺気があるのを見てとった。

……わしを襲うつもりだ！

藤兵衛は察知した。

そのとき、藤兵衛は背後に迫ってくる足音を聞いた。振り返ると、牢人体の武士と遊び人ふうの男が目にとまった。

華村に来た牢人体の武士と、政と呼ばれた遊び人ふうの男である。ふたりは走りだした。一気に、藤兵衛に迫ってくる。前方の武士と後方からのふたり——。三人で、藤兵衛を挟み撃ちにするつもりらしい。

藤兵衛はすばやく路傍に身を寄せ、仕舞屋《しもたや》をかこった板塀を背にして立った。背後からの攻撃を避けるためである。

右手から牢人体の武士と遊び人ふうの男、左手から網代笠をかぶった武士が走り寄ってくる。

6

「何者だ！」

藤兵衛は正面に立った網代笠をかぶった武士に誰何《すいか》した。

網代笠の武士は応《こた》えず、無言のまま両腕を脇にだらりと垂らして立っていた。藤兵衛との間合はおよそ三間。まだ抜刀の気配はなかった。

藤兵衛の右手に牢人体の武士が立った。遊び人ふうの男は、左手にまわり込んできた。三人で、三方をふさいだのである。

「うぬら、華村をどうするつもりだ」

藤兵衛は、右手で刀の柄《つか》をつかんだまま声高に訊いた。三人が華村のことで、藤兵衛を待ち伏せしたのはまちがいない。

「知らぬ」

網代笠の武士が応え、刀の柄に右手を添えた。

「なぜ、わしの命を狙《ねら》う」

藤兵衛も、刀の柄を握った。

「これは、剣の立ち合いだと。三人で取り囲んでおいて、立ち合いはあるまい」

「問答無用！」

網代笠の武士が刀を抜いた。

すかさず藤兵衛も抜刀し、切っ先を網代笠の武士にむけた。すると、右手の武士も刀を抜いた。遊び人ふうの男も匕首を手にしたが、藤兵衛から大きく間合をとっていた。この場は、ふたりの武士にまかせる気らしい。

網代笠の武士は八相に構え、刀身をすこし寝かせて切っ先を右手にむけた。変わった構えである。網代笠が邪魔でそうしたのではないらしい。何か変わった刀法を身に付けているのではあるまいか。

……手練《てだれ》だ！

と、藤兵衛は察知した。

網代笠の武士の構えには隙がなく、どっしりと腰が据わっていた。それに、右手にむけた刀身がひかりの線になって藤兵衛の目を奪い、間合が読めなかった。偶然ではない。武士は間合を読ませないために、刀身を寝かせているのだ。

藤兵衛は視界から網代笠の武士の刀身をはずし、武士の体だけを見るようにした。そして、全身に気勢をみなぎらせ、青眼に構えた剣尖に気魄《きはく》を込めた。気攻めである。

と、網代笠の武士の右手に伸びた刀身が小刻みに揺れた。藤兵衛の青眼の構えと対峙し、遣い手と察知したようだ。その驚きが、刀身を揺らしたらしい。

だが、網代笠の武士の刀身の揺れはすぐに収まった。驚きを静めたらしい。

ふたりはいっとき気魄で攻め合っていたが、網代笠の武士が先《せん》をとった。

「いくぞ！」

と、声をかけ、趾《あしゆび》を這《は》うように動かして間合を狭め始めた。

横に寝かせたままの刀身が、細いひかりの筋になって藤兵衛に迫ってくる。藤兵衛は網代笠の武士の刀を見ないようにしたが、どうしても視界に入る。

……間合が読めない！

藤兵衛は、網代笠の武士の手にした刀身のひかりに目を奪われ、武士との間合が読めなかった。

藤兵衛はこのままでは、網代笠の武士に後れをとる、とみて武士の爪先に目をむけた。爪先で相手との間合を読むのである。

網代笠の武士は、ジリジリと間合を狭めてくる。

……あと、一歩！

藤兵衛が、あと一歩で一足一刀の斬撃の間境《まざかい》に入ると読んだとき、ふいに武士の寄り身がとまった。

網代笠の武士の全身に気勢がみなぎり、斬撃の気配が高まった。いまにも、斬り込んできそうである。

そのとき、網代笠の武士が後ろに引いていた足が前に出た。

……くる！

察知した藤兵衛は、すばやく一歩身を引いた。

次の瞬間、網代笠の武士の全身に斬撃の気がはしった。

タリヤッ！

鋭い気合とともに、網代笠の武士は寝かせた刀身を払った。

横一文字へ――。

青白い稲妻のように刀身が横にはしった。

切っ先が、藤兵衛の胸をかすめて空を切った。藤兵衛が身を引いたため、切っ先がわずかにとどかなかったのだ。

次の瞬間、網代笠の武士の刀身がひるがえった。

……返しだ！

藤兵衛は頭のどこかで感知し、咄嗟《とっさ》に右手へ跳んだ。一瞬の反応である。

刹那《せつな》、閃光《せんこう》が袈裟《けさ》にはしった。

横一文字から袈裟へ――。

迅《はや》い！

網代笠の武士の神速の二の太刀だった。

サクッ、と藤兵衛の右の袖が裂けた。武士の二の太刀が迅く、かわしきれなかったのだ。あらわになった藤兵衛の右の二の腕に血の線が浮き、血が噴いた。

……こ、これは！

藤兵衛は驚愕《きょうがく》した。

これまで、目にしたこともない刀法だった。

藤兵衛はすばやく右手に動いて、さらに網代笠の武士との間合をとった。右手にいた牢人体の武士は、この場は網代笠の武士にまかせるつもりらしく、斬り込んでくる気配を見せなかった。

「すこし浅かったようだな」

網代笠の武士がつぶやくような声で言い、ふたたび八相に構えて刀身を寝かせた。

藤兵衛は青眼に構えたが、武士にむけた切っ先が震えていた。右腕の負傷で、肩に力が入り過ぎているのだ。

……このままでは、こやつに斬られる！

藤兵衛は恐怖を覚えた。

そのときだった。通りの先で何人もの足音がし、「義父上！」「大師匠！」などという声が聞こえた。彦四郎と永倉である。ふたりの背後には、木村と若林の姿もあった。四人は懸命に走ってくる。千坂道場から駆け付けたらしい。

「千坂道場のやつらだ」

遊び人ふうの男が言った。

網代笠の武士と牢人体の武士は、後じさって藤兵衛から離れると、彦四郎たちに目をやった。

「道場主と師範代だぞ」

牢人体の武士が言った。

「四人か」

「遣い手とみていい」

「この場は引くしかないな」

網代笠の武士は、さらに後ろに下がってから刀を鞘《さや》に納め、引くぞ、と声をかけて、その場から走りだした。

遊び人ふうの男と牢人体の武士も、網代笠の武士の後を追って逃げ去った。

……助かった！

藤兵衛が刀を鞘に納めたとき、彦四郎たちが駆け寄ってきた。

「義父上、腕に傷が！」

彦四郎が藤兵衛の右腕を見て言った。

「かすり傷だ」

藤兵衛は苦笑いを浮かべた。かすり傷ではなかったが、それほど深い傷でもなかった。皮肉を斬られただけである。

「ともかく、道場にもどって、手当を」

彦四郎が心配そうな顔で言った。

「いや、道場にもどるほどのことはない」

藤兵衛は、これで、傷口を縛ってくれ、と言って懐から手ぬぐいを取り出した。

彦四郎は手ぬぐいを折り畳み、永倉にも手伝ってもらって傷口に巻いて強く縛った。

「義父上、あやつら何者です」

彦四郎が傷の手当をしながら訊いた。

「華村に来た三人のうちのふたりだ。網代笠をかぶった男は、あらたに仲間にくわわったのやもしれぬ」

藤兵衛が顔をけわしくして言った。

7

藤兵衛と彦四郎は、夕餉《ゆうげ》の後、華村の帳場の奥の小座敷で茶を飲んでいた。由江が淹れてくれたのである。

里美とお花は、寝間に使っている座敷にいる。お花が眠くなったようなので、里美が寝かせにいったのだ。由江は馴染《なじ》みの客の座敷を挨拶にまわっていたが、すぐにもどるだろう。

「どうです、傷の具合は」

彦四郎が訊いた。

「痛みは薄らいだよ」

藤兵衛は右腕をまわしてみせた。まだ疼痛《とうつう》があったが、出血はとまっていた。それに、腕の傷なので命にかかわるようなことはない。

「それにしても、奇妙な剣を遣ったな」

藤兵衛は、すでに網代笠をかぶった武士が遣った刀法を彦四郎に話してあった。

「何流の技でしょうか」

「分からんな。わしも、初めてだ」

「牢人ふうの男も、遣い手のようだったし、あやつら何者でしょう」

彦四郎が首をひねりながら言った。

「ただのならず者や徒牢人ではないようだが……」

藤兵衛にも分からなかった。

ふたりで、そんなやりとりをしているところに、由江がもどってきた。浮かぬ顔をしている。

藤兵衛は由江が脇に座すのを待ってから、

「どうした、何かあったのか」

と、訊いた。

彦四郎も、心配そうな顔をして由江に目をむけている。

「お客が、すくないんですよ」

由江が肩を落とした。

「すくない。……今日だけか」

藤兵衛が訊いた。

「ここ、三日ほど、急にお客さんがすくなくなって」

「どのくらいすくないのだ」

「いままでの半分くらいでしょうか」

由江が力なく言った。

「半分は、ひどいな。雨風《あめかぜ》のせいではないようだし……」

ここ三日ほどは、晴天か曇りだった。天候が客足に影響したとは思えない。

「五兵衛さんから気になる話を聞いたんですけど……」

由江が眉を寄せて言った。

「どんな話だ」

「店の前の通りで、遊び人ふうの男たちが、柳橋に飲みにきたらしい男《ひと》をつかまえて、何やら話していたそうなんです」

「何を話していたのだ」

「五兵衛さん、気になって、その男たちのそばを通りながら、それとなく耳を欹《そばだ》てたそうです。……男たちは、うちの店の悪口を言ったり、店から出てくるところを見掛けたら、ただではおかない、とまで言って脅してたそうです」

由江の声が震えた。

「店に来たやつらか」

藤兵衛の声が怒りに震えた。何者か分からないが、店を手放すことを断ったので、嫌がらせをしているようだ。

「それに、隣の富乃屋の益造さんから聞いたんですけど、やっぱり客が急にすくなくなったと言って、嘆いてました」

「富乃屋にも、同じ手を使っているのか」

「益造さん、これでは商売がつづけられないと言ってました」

そう言って、由江は困惑したような顔をして唇を嚙《か》んだ。

「店を守っているだけでは、駄目か」

藤兵衛が言うと、黙って聞いていた彦四郎が、

「何か手を打たねば、どうにもなりませんね。それに、われらだけでなく、里美や

花、店の奉公人にも手を出すかもしれません」

と、顔に憂慮の色を浮かべて言った。

「どうだ、店の前の通りで嫌がらせをしている男をつかまえて、話を聞いてみるか」

藤兵衛が言った。

「それが、手っ取り早いですね」

「五兵衛はいるかな」

藤兵衛は五兵衛に様子を聞いて、明日にも摑まえようと思った。

「いますよ。ここに呼びましょうか」

「そうしてくれ」

「すぐに、呼びますから」

そう言い残し、由江は急ぎ足で小座敷から出ていった。

いっときすると、由江が五兵衛を連れてもどってきた。五兵衛は初老だった。彦四郎が子供のころから華村で下働きの仕事をつづけている。藤兵衛も、由江といっしょになる前から五兵衛を知っていた。藤兵衛が千坂道場主だったころ、五兵衛は華村からの使いとして道場に来ることがあったのだ。

「藤兵衛さま、あっしに何か用ですかい」

五兵衛は、首をすくめるようにして藤兵衛に訊いた。五兵衛は、いまでも藤兵衛さまと呼んでいる。

「店の前の通りで遊び人ふうの男たちが、通りかかった者をつかまえて、何やら話していたそうだな」

「へい」

「五兵衛が見かけたときは何人いた」

「三人でさァ」

五兵衛によると、三人とも遊び人ふうだったという。

「三人か……」

一味の人数は多いようだ、と藤兵衛は思った。

華村に乗り込んできたのは、守蔵、牢人体の武士、遊び人ふうの男の三人である。三人のほかに、藤兵衛を襲った網代笠の武士がいる。都合四人だが、五兵衛が見かけたのは遊び人ふうが三人だという。遊び人ふうのうちのひとりは華村に来た男だとしても、他のふたりは別人である。それだけでも、一味は六人いることになる。

「五兵衛、明日、遊び人たちを見かけた通りを歩いて、そやつらがいたら、わしに知らせてくれんか」

「ようがす」

五兵衛が顔をひきしめてうなずいた。

8

その日、藤兵衛は千坂道場の午前の稽古が終わると、すぐに華村にもどった。五兵衛が、遊び人たちを見かけて知らせに来るかもしれない。

藤兵衛は由江が支度してくれた昼食を終え、小座敷でくつろいでいると、由江が五兵衛を連れて入ってきた。ふたりは、ひどく慌てている。

「五兵衛さん、話して」

すぐに、由江が言った。

「だ、旦那、いやす！　三人でさァ」

「遊び人たちか」

「へい」

「案内《あない》してくれ」

すぐに、藤兵衛は立ち上がり、座敷の隅に置いてあった大小を腰に差した。

藤兵衛は五兵衛の後について、華村の前の通りを西にむかった。三町ほど歩くと、五兵衛が路傍に足をとめ、

「藤兵衛さま、あそこに」

そう言って、通りの先を指差した。

見ると、遊び人ふうの男が三人、路傍に立っていた。通りかかった商家の旦那ふうの男を呼びとめて何やら話している。

藤兵衛は、ひとりでは逃がすかもしれないと思った。相手が立ち向かってくれば、峰打ちに仕留められるが、三人とも逃げだしたら、足ではかなわないだろう。

「五兵衛、頼みがある」

「何です」

「すぐに道場へ行って、彦四郎を呼んできてくれんか。いまごろは、母屋にいるは

ずだ。やつらに気付かれないように、脇道を通れ」

いまから呼びに行っても、間に合うはずだ。

まだ、昼が過ぎたばかりである。柳橋の客は、これからだった。三人は、まだしばらくこの場にいるだろう。それに、彦四郎は午前の稽古を終えて、母屋でくつろいでいるはずだった。

「承知しやした」

五兵衛は走りだし、すぐに通りから近くの路地に入った。五兵衛は、この辺りの路地なら自分の家の庭のように知っている。

後に残った藤兵衛は、通り沿いにある小料理屋の脇に立って三人に目をやっていた。

時が経ち、陽が西の空にかたむいてきた。しだいに、通りを行き来する人の姿が多くなってきた。柳橋に飲みに来たと思われる男や、箱屋を連れた芸者などが目につくようになった。

三人の男は、通りにいた。柳橋に飲みに来たと思われる男をつかまえて、何やら話している。

五兵衛と彦四郎は、まだ姿を見せない。

……もう、来てもいいころだがな。

藤兵衛が、そうつぶやいたときだった。

通りの先に、五兵衛と彦四郎の姿がちいさく見えた。ふたりは、脇の路地に入ったらしく、すぐにその姿は見えなくなった。

藤兵衛が小料理屋の脇から出て通りで待つと、五兵衛と彦四郎が、藤兵衛のいるすぐ近くの路地から通りに出てきた。そこは、五兵衛が彦四郎をむかえに行くとき使った路地である。

「あの三人ですか」

彦四郎が息を弾ませて訊いた。よほど急いで来たとみえ、顔が紅潮し、額に汗が浮いていた。

「そうだ」

「三人捕らえるのですか」

「三人は無理だ。わしと彦四郎で、捕らえられるだけでいい。話を聞くだけだからな。わしが、やつらのむこう側にまわる。逃げられないように挟み撃ちにしよう」

「分かりました」

「五兵衛、やつらのむこう側に出られるか」

　藤兵衛が訊いた。

「裏路地を使えば、出られやす」

　五兵衛によると、通り沿いに並ぶ店の裏手に細い路地があり、そこをたどれば、三人のむこう側に出られるという。

「連れていってくれ」

「こっちでさァ」

　五兵衛が藤兵衛を伴って先にたち、通り沿いにある料理屋の脇の路地を入り、細い裏路地をたどってふたたび表通りに出た。

「やつら、あそこにいやすぜ」

　五兵衛が指差した。

　一町ほど先に、三人の遊び人ふうの男が見えた。ひとりが、通りかかった商家の旦那ふうの男と何やら話していたが、他のふたりは路傍に屈《かが》み込んでいた。一休みしているらしい。立ちつづけで、疲れたのだろう。

藤兵衛は片手を上げ、遠方にいる彦四郎に合図を送ってから、三人の遊び人のいる方に歩きだした。彦四郎は、前を行く通行人の陰にまわって身を隠し、こちらにむかってくる。

藤兵衛も、ふたり連れの職人ふうの男の後ろにまわった。五兵衛は、藤兵衛の後ろからついてくる。

藤兵衛は三人の遊び人に三十間ほどのところに迫ると、ふいに走りだした。藤兵衛の姿を目にした彦四郎も走った。

三人の遊び人はまだ、藤兵衛たちに気付いていない。

若いせいか、彦四郎の方が速かった。彦四郎が三人の男に近付いたとき、通りのなかほどにいたひとりが気付いたらしく、慌てた様子でふたりの男のそばへ走り寄った。

ひとりが、「逃げろ!」と声を上げ、反転して走りだした。つづいて、ふたりの男が走りだした。そのとき、「後ろからも来やがった!」とひとりが叫び、三人の男の足がとまった。走り寄る藤兵衛たちの姿を目にしたのだ。

藤兵衛は走りながら左手で刀の鯉口《こいぐち》を切り、右手を柄に添えた。

三人の男は、その場に足踏みしながら周囲に目をやった。逃げ道を探したらしい。だが、近くに飛び込めるような路地も店屋もなかった。

彦四郎は、三人のすぐ近くまで来ていた。やや前屈みの恰好《かっこう》で走りながら、抜刀体勢をとっている。

「逃げろ！」

ひとりが、藤兵衛の方へ走りだした。若い男である。年寄りの藤兵衛の方が逃げやすいとみたのかもしれない。

「こっちだ！」

もうひとりが叫び、彦四郎の方へ走りだした。この男は、華村に乗り込んできた三人のうちのひとりだった。

別のひとり、小柄な男も彦四郎の方へ逃げた。

9

若い男が藤兵衛に迫ってきた。

藤兵衛は走りながら刀身を峰に返した。峰打ちに仕留めるつもりだった。

若い男は、藤兵衛の手にした刀を見て、道の端を通って逃げようとした。だが、道幅はそれほどひろくなかった。

藤兵衛は右手に逃げようとした男の前にまわり込み、すばやい身のこなしで、刀身を横に払った。一瞬の太刀《たち》捌《さば》きである。

男はグッと喉のつまったような呻《うめ》き声を上げ、上体を折るように前に屈めた。藤兵衛の峰打ちが、男の腹を強打したのだ。

男は前によろめき、足がとまると腹を押さえて、その場にうずくまった。

藤兵衛は男の後ろにまわり、懐から用意した細引きを取り出し、

「五兵衛、手を貸してくれ」

と、声をかけた。

「へい」

藤兵衛は五兵衛とふたりで、男を後ろ手に縛った。

藤兵衛は彦四郎に目をやった。

彦四郎は、うずくまっている男の前に立って切っ先をむけていた。もうひとりの

男は、その場から逃げたらしい。通りの遠方に、走っていく男の後ろ姿が見えた。逃げた男は、華村に乗り込んできたひとりである。

「五兵衛、彦四郎に手を貸してやってくれ」

藤兵衛は、これを持っていけ、と言って、残った細引きを五兵衛に手渡した。彦四郎もひとり捕らえたので、ふたりを華村に連れていこうと思ったのだ。

藤兵衛たちは人目につかないように裏路地をたどって、捕らえたふたりを華村に連れていった。

華村には客がいたので、裏手の板場からふたりを連れ込み、板場近くにあった納戸に入れた。そこは狭い納戸で、座布団や膳、酒器などが積んであった。藤兵衛と彦四郎は、納戸に置いてあった物を隅に積み上げて居場所を確保し、まず藤兵衛が捕らえた若い男から話を聞くことにした。もうひとりは、後ろ手に縛ったまま、猿《さる》轡《ぐつわ》をかまして、土間にある薪《まき》置き場の脇に縛りつけておいた。

「名は、なんというな」

藤兵衛が穏やかな声で訊いた。

納戸の隅に置かれた燭台の火に、藤兵衛、彦四郎、それに捕らえた男の顔が浮かび上がっていた。闇のなか、三人の顔が赤く爛《ただ》れたように染まり、双眸《そうぼう》が赤みを帯びてひかっていた。

「や、弥之助《やのすけ》で……」

男は名を隠さなかった。

「弥之助、ひとり逃げたが、あやつの名は」

「………」

弥之助は口をつぐんで戸惑うような顔をした。

「おまえたちを見捨てて、ひとりで逃げたのだぞ。かばうことはあるまい」

「ま、政次郎《まさじろう》兄いで」

弥之助が声をつまらせて言った。

「政次郎か」

藤兵衛は華村で、政、と仲間に呼ばれたのを耳にしていた。弥之助は正直に話したようである。

「おまえたちは、あそこで、華村の評判を落とすために、通りすがりの者に何か話していたな」

「へ、へい」

「何を話したのだ」

「ちょいと、脅しただけで……」

弥之助が首をすくめて言った。

「どう脅したのだ」

「おれたちは、華村に恨みがある。華村に入って金を使ったら、生かしちゃァおかねえぞって……。兄いに、そう言って脅せと、言われたんでさァ」

弥之助は隠す気がなくなったらしく、藤兵衛の問いにすぐに答えた。

「そんなふうに脅されたら、華村には入れないな」

藤兵衛は、強い怒りを覚えると同時に、呆《あき》れたやつらだ、と思った。

「なぜ、政次郎たちは華村を買い取りたいのだ」

もっとも、百両や二百両の金では、華村を買うというより、脅し取ると言った方がいいだろう。

「し、知らねえ。あっしと吉助《きちすけ》は、兄いに銭を貰って頼まれただけなんで」

弥之助によると、いっしょに捕らえた小柄な男は吉助で、遊び仲間だという。

「政次郎とは、どこで知り合ったのだ」

「深川の八幡さまのそばでさァ」

政次郎は、深川の富岡八幡宮界隈《かいわい》で幅を利かせていた遊び人だという。弥之助と吉助も深川で遊んでいて、政次郎と知り合ったそうだ。

「ところで、守蔵という男を知っているか」

藤兵衛は守蔵の名を出してみた、

「政次郎兄いの親分と聞きやした」

「何をしてる男だ」

「深川で、料理屋と女郎屋をやっていると聞きやしたが、その店がどこにあるか知らねえんで」

「守蔵といっしょにいた牢人ふうの男だが、あやつの名は」

「平田《ひらた》稲三郎《とうざぶろう》でさァ」

「牢人か」

藤兵衛は、平田という男を知らなかった。

「そうで」

「何をしてる男だ」

「深川の賭場《とば》で用心棒をしてたと聞きやしたが、あっしは博奕《ばくち》はやらねえんで、どこの賭場かは知らねえ」

「仲間に、もうひとり腕のたつ武士がいたのだが、そやつの名を聞いているか」

藤兵衛は、千坂道場の帰りに襲ってきた武士のことを訊いたのだ。

「知らねえ。平田の旦那の他に、二本差しの仲間と会ったことはねえ」

「うむ……」

藤兵衛は脇で聞いていた彦四郎に、何か訊くことがあるか、と声をかけた。

「守蔵たちは隣の富乃屋も、華村と同じように店を脅しとろうとしているようだが、そば屋もやる気なのか」

彦四郎が訊いた。

「華村と富乃屋をいっしょにして、大きな店にしたいらしいんで」

弥之助が首をすくめながら言った。

「料理屋か」

「何の店かは聞いてねえ」

「うむ……」

彦四郎は口をとじた。

つづいて、吉助を納戸に連れてきて話を聞いたが、これといったことは分からなかった。ただ、吉助は藤兵衛を襲った武士の名を知っていた。

「名は、津川仙九郎《つがわせんくろう》でさァ。平田の旦那と話しているとき、津川の旦那の名を口にしたので、覚えてやした」

そう、吉助は話したのだ。

ふたりの訊問が終わったとき、

「あっしらを、帰《けえ》してくだせえ」

と、吉助が哀願するように言った。

「帰すには帰すが、死にたくなかったら、深川や柳橋にはしばらく近寄るな」

藤兵衛が釘《くぎ》を刺した。

吉助と弥之助は藤兵衛に目をむけて、戸惑うような顔をした。藤兵衛が何を言おうとしたのか、分からなかったらしい。

「政次郎は、おまえたちふたりが、わしに捕まったのを知っているはずだ。捕まったふたりが無事に帰ってきたら、政次郎たちはどう思う。自分たちのことをしゃべったとみるだろうな。……政次郎たちは、おまえたちを生かしておくと思うか」

藤兵衛の声は静かだが強いひびきがあった。

「…………!」

吉助と弥之助は、息を呑《の》んで藤兵衛を見つめている。

第二章　敵の影

1

「いくぞ！」

お花が永倉に竹刀をむけて声を上げた。

「お花どの、さァ、まいられよ」

永倉も竹刀をお花にむけた。

永倉は巨軀《きょく》で、お花はまだちいさかった。巨熊と、兎《うさぎ》が向き合っているほどのちがいがある。

そこは、千坂道場だった。午後の稽古が終わった後、永倉が戯れに「お花どの、一手お相手を」と声をかけた。永倉は熊のような風貌《ふうぼう》に反して、子供好きである。稽古が終わった後など、お花と遊んでやることがあったのだ。

「よォし、負けないぞ」

お花はすぐにその気になって、短い竹刀を永倉にむけた。お花も、永倉と遊ぶのが大好きだった。

ふたりが道場のなかほどに立って竹刀をむけ合うと、道場内にいた若林や佐原など若い門弟たちが集まってきて、「お花ちゃん、がんばれ」「ご師範を打ち負かせ」などと言って、囃《はや》し立てた。門弟たちは稽古を終えた解放感もあって、笑いながらお花に声援を送っている。彦四郎、里美、藤兵衛の三人は、師範座所の前に立って、笑みを浮かべて永倉とお花に目をやっている。

「さァ、いくぞ」

永倉は大きく竹刀を振り上げ、お花の頭めがけてゆっくりと振り下ろした。

お花は永倉の竹刀の下をくぐってかわしざま、「胴だ！」と声を上げ、永倉の大きな腹を竹刀でたたいた。

「やられた！」

永倉が声を上げ、剽《ひょう》げた恰好で腹をたたいてみせた。

まわりで見ていた若い門弟たちは、歓声を上げたり、手をたたいたり、大喜びである。

永倉は若い門弟たちに目をやり、

「お花どのの次は、室川《むろかわ》だ」

そう言って、新しく入門したばかりの室川友次郎《ともじろう》を指差した。

室川は十二歳だった。入門して三月《みつき》ほどである。まだ、門弟たちといっしょに稽古ができないので、道場の隅で素振りや打ち込みなどの独り稽古をやっていることが多い。

「は、はい……」

室川は緊張した面持ちで、おずおずと永倉の前に出てきた。

すると、若林たちから、「室川、負けるな！」「ご師範から、一本とれよ」などという声援が飛んだ。

室川は永倉の前に立つと一礼してから、青眼に構えた。両腕が前に出て、腰が引けている。へっぴり腰である。しかも、師範代の前に立ち、門弟たちから見つめられていることもあって、緊張して体が顫《ふる》えていた。

「さァ、いくぞ！」

永倉は上段に振りかぶり、タアッ！　と気合を発して室川の面に打ち込んだ。手加減したらしく、その打ち込みには速さも鋭さもなかった。

室川は、右手に跳んで永倉の竹刀をはずし、横から、面！　と声を上げて、竹刀を打ち下ろした。室川の一撃は、永倉の面をそれて左肩に当たった。室川の踏み込みが浅く、竹刀がとどかなかったのである。

永倉はすばやく身を引き、

「肩、一本、もらった！」

と、大声で言った。

すると、若林たち若い門弟たちから歓声が上がり、「室川、すごいぞ」「ご師範を打ち負かしたぞ」などという声が聞こえたが、そのなかには笑い声や囃し立てるような声もあった。室川は顔を赤らめ、照れたような顔をしていたが、目は輝いていた。戯れであるが、師範代が門弟の前で自分を相手に肩を打たせてくれたことが嬉しかったのだろう。

永倉は、これで、室川は若い門弟たちのなかに入り、稽古に励むようになる、とみたはずである。

そのとき、戸口の方で、「若師匠、おりやすか」という声が聞こえた。

師範座所の前にいた彦四郎が、

「佐太郎《さたろう》のようだ」

と言って、戸口に出ようとすると、

「わしも行く」

藤兵衛が彦四郎につづいた。

佐太郎は、何年か前までしゃぼん玉売りをしていた。どういうわけか剣術好きで、千坂道場に入門した。そのころは、藤兵衛が道場主であった。そのため、佐太郎は彦四郎のことを若師匠と呼び、藤兵衛はお師匠である。

その後、佐太郎は北町奉行所の臨時廻り同心、坂口主水《もんど》から手札をもらって岡っ引きになった。佐太郎は、今でも千坂道場の門弟だったが、岡っ引稼業が忙しいのか、ちかごろは道場にあまり姿を見せなくなった。

藤兵衛と彦四郎は、華村の件で佐太郎の力を借りようと思い、門弟たちに佐太郎を見かけたら道場に来るよう伝えてくれ、と話してあったのだ。

藤兵衛と彦四郎が戸口に出ると、

「お師匠も、ごいっしょですかい」

佐太郎がニヤニヤして言った。佐太郎は、子供相手のしゃぼん玉売りをしていたせいもあって、いまでも剽げたところがある。

「わしからも、頼みたいことがあってな」

藤兵衛が、どうだ、道場へ上がらぬか、と声をかけると、

「まだ稽古中のようなので、またにしやす」

佐太郎が首をすくめて言った。

「佐太郎に、頼みたいことがあってな。来てもらったのだ」

彦四郎が声をあらためて言った。

「何ですね」

「実は、華村が何者かに脅されていてな。先日は、義父上までが襲われたのだ」

彦四郎が言うと、藤兵衛がつづけて、

「実は、華村がそやつらに脅し取られそうなのだ」

そう切り出し、いままでの経緯《いきさつ》と、弥之助と吉助のふたりを捕らえて訊問したことなどをひととおり話した。

「そんなことがあったんですかい」

佐太郎の顔からにやけた嗤《わら》いが消えていた。喧嘩《けんか》やこそ泥などのけちな事件ではないと察知したようだ。

「それで、佐太郎に頼みがある」

藤兵衛が言った。

「守蔵、政次郎、平田稲三郎の三人を探ってもらいたいのだ」

「三人を探れと言われても……」

佐太郎の顔には、緊張と困惑の色があった。自分ひとりではあまりに大きな事件だと思ったようだ。

「そうだな。とりあえず、守蔵を探ってもらいたい。守蔵は、深川で料理屋と女郎屋をやってるようなので、その辺りから探れば何か見えてくるはずだ」

「あっしは、お師匠たちに世話になってるし、すぐにもやりてえんだが、坂口の旦那のお許しがねえと」

佐太郎が首をすくめて言った。

「もっともだな。坂口には、わしから話しておこう」

藤兵衛は坂口とは昵懇《じっこん》の間柄だった。坂口は若いころ、千坂道場の門弟だったのだ。しかも、いま道場に通っている坂口綾之助は、坂口主水の嫡男である。坂口家は親子二代にわたって千坂道場の門弟ということになる。しかも坂口には、千坂道場がかかわったいくつかの事件を探索してもらっていた。

「弥八《やはち》親分は、どうしやす」

佐太郎が訊いた、

「坂口に話してから、弥八にも頼むつもりだ」

弥八も、坂口から手札をもらっている岡っ引きだった。これまでも、坂口に許しを得てから、弥八にも探索を頼むことがあったのだ。

「弥八親分も、いっしょなら心強《こころづ》えや」

佐太郎が、

「お師匠、明日から深川を探ってみやすよ」

と言い残し、踵《きびす》を返そうとしたとき、

「待て」

と、藤兵衛がとめた。

「平田も政次郎も腕がたつ。油断すると、殺《や》られるぞ」

「油断はしませんや」

佐太郎は顔をひきしめて、戸口から出ていった。

2

藤兵衛は佐太郎と会った翌日、日本橋小網町《こあみちょう》に足をむけた。坂口は巡視の途中、日本橋川沿いの道を通るはずだ。藤兵衛は巡視の道筋で待って、事件のことを坂口に話そうと思ったのである。

藤兵衛が日本橋川沿いの道でしばらく待つと、坂口の姿が見えた。坂口は岡っ引きの音次《おとじ》と小者《こもの》の六助《ろくすけ》を連れていた。ふたりは、巡視のおりに坂口に従うことが多かった。

坂口は藤兵衛の姿を目にすると足早に近寄ってきて、

「お師匠、倅がいつもお世話になっております」

と、笑みを浮かべて言った。

「綾之助は、よくやっているよ」

藤兵衛は応えて、「坂口に、頼みがあってな」と小声で言い添えた。

坂口は簡単な話ではないようだと察知したらしく、

「どうです、また、笹屋《ささや》でそばでも」

と声をひそめた。

笹屋は近くにあるそば屋だった。以前も、藤兵衛と坂口は笹屋に立ち寄って話をしたことがあったのだ。

「いいな」

藤兵衛も歩きながらではなく、どこかへ腰を落ち着けて話したかった。

藤兵衛と坂口は、笹屋の二階の座敷を頼んだ。六助と音次は、一階の追い込みの座敷で待つことになる。

藤兵衛たちは、注文を取りに来た小女《こおんな》にそばと酒を頼んだ。喉が渇いていたので、酔わない程度に飲むことにしたのである。

頼んだ酒が先にとどき、一杯飲んで喉を潤してから、

「実は、華村が店を脅し取られそうなのだ」

と、藤兵衛が前置きし、守蔵、平田稲三郎、政次郎の三人のことや、津川仙九郎なる武士に襲われたこと、弥之助と吉助を捕らえて話を聞いたことなどをひととおり話した。

「そんなことが、あったのですか」

坂口が驚いたような顔をした。

「わしも彦四郎も、華村を守らねばならんのでな。いろいろ動いているのだが、まだ守蔵たちの正体も居所もつかんではいないのだ」

「守蔵たちは、華村と富乃屋を奪い取って何をしようとしているのです」

坂口が訊いた。

「大きな店をひらくつもりらしいが、料理屋かどうかもはっきりしないのだ」

「守蔵たちは、何か悪事に手を染めているような気がしますが」

坂口の顔に懸念の色が浮いた。

「わしもそうみている。平田は賭場の用心棒をしていたというし、津川も殺し慣れた男のようだ。それに、守蔵の背後には、大物がひそんでいるやもしれん」

藤兵衛は、守蔵が一味の頭目なら、当初から華村に乗り込んでくるような真似はしないのではないか、との読みがあったのだ。

「いずれにしろ、守蔵たちの居所をつきとめ、身辺を探ってみねばなりませんね」

坂口が言った。

「それで、佐太郎に守蔵のことを探るよう、わしから頼んだのだ」

「佐太郎なら、何か嗅《か》ぎ出しますよ」

「坂口に承知してもらえれば、弥八にも頼もうと思っているのだが、どうかな」

藤兵衛は、弥八に声をかける前に、坂口に承諾してもらうつもりだった。

「弥八も使ってください。……それがしも、手先を使って探ってみます。どうも、大きな事件《やま》になりそうだ」

坂口の双眸に、強いひかりが宿っていた。やり手の八丁堀同心らしい顔である。

「坂口、油断するなよ。平田も津川も遣い手だ。それに、剣術道場をひらいているわしらまで襲うのだ。八丁堀の者でも、仕掛けてこよう」

守蔵たちは、八丁堀の探索が自分たちに迫っていると感じれば、躊躇《ちゅうちょ》なく同心の坂口も襲うのではあるまいか。

「油断はしません」

坂口が顔をけわしくして言った。

藤兵衛は坂口を笹屋の店先で見送ってから、日本橋十軒店本石町《じっけんだなほんごくちょう》にむかった。弥八に会って、探索を頼むつもりだった。

十軒店本石町は雛市《ひないち》が立つことで江戸市民に知られていたが、いまは初秋だったので、雛祭りも端午《たんご》の節句も終わっていた。それでも、十軒店本石町の表通りは賑《にぎ》わっていた。いまでも人形店は店をひらいていたし、江戸でも有数の盛り場、日本橋通りとも近かったからである。

「たしか、この辺りだったな」

藤兵衛は、通り沿いに目をやりながら歩いた。

弥八は岡っ引きとして探索にあたっていないときは、十軒店本石町の表通りの隅で冷や水売りをしているはずだった。弥八の本業は甘酒売りだが、夏場の暑いときは、冷や水を売っていたのだ。

……あそこにいる。

藤兵衛は、弥八の姿を目にとめた。

弥八は、人形店の脇で冷や水を売っていた。冷や水の入った桶《おけ》と簡単な作りの屋台を前にして立っている。屋台には、茶碗や白玉が入っているはずだった。冷たい水に、砂糖、白玉などを入れて、一杯四文で売っている。客が望めば白玉や砂糖を多く入れてくれるが、六文か七文に値が上がる。

「ひゃっこい、ひゃっこい。……甘いよ」

弥八は通りかかる子供や町娘などに声をかけていた。

藤兵衛が近付くと、

「旦那、お久しぶりで」

と、目を細めて言った。

「頼みがあってな」

「何かありましたかい」

弥八の顔から笑みが消えた。

弥八は三十代半ばだった。小柄で、陽に灼けて浅黒い。面長で、目が細く、狐のような顔をしている。その顔がひきしまった。やり手の岡っ引きらしい顔である。

「華村に、いろいろ困ったことがあってな」

藤兵衛が小声で言った。

「人形店の脇に行きやしょう」

弥八は商売用の桶《おけ》と屋台を天秤《てんびん》で担ぎ、商っていた場所の斜向《はすむ》かいにある人形店の脇に足をむけた。そこには細い路地がある。弥八は藤兵衛から話を聞くとき、人影のないその路地に連れていくことが多かった。

弥八は路地の端に担いできた桶と屋台を下ろし、

「話してくだせえ」

と、小声で言った。

「実は、何者かが華村を脅し取ろうとしているのだ」

藤兵衛は、これまでの経緯をひととおり話した。

「そいつら、けちな遊び人や地まわりじゃァねえ。後ろには、大物がいるようだ」

弥八が顔をけわしくして言った。

「それで、弥八に探索を頼みたいのだ」

「佐太郎はどうしやした」

弥八が訊いた。

「佐太郎にも頼んである」

藤兵衛は、ここに来る前、坂口にも話したことを言い添えた。

「坂口の旦那も承知してるんですかい」

「そうだ。坂口も、探索にあたってくれることになっている」

「それなら、あっしもやらせていただきやす」

弥八が低い声で言った。

「頼む」

藤兵衛は懐から財布を取り出した。いつもそうだが、弥八に探索を頼むときは、相応の金を渡していた。冷や水売りの商売を休むと、弥八は暮らしていけなくなるのだ。

藤兵衛は一分銀を八つ弥八に手渡し、

「佐太郎にも、渡してやってくれ」

と、頼んだ。一分銀が四つで一両である。弥八と佐太郎とで、一両ずつ使って欲しかったのだ。一両あれば、弥八も佐太郎も、しばらく暮らしていけるだろう。二両は華村から出たものである。

「いただきやす」

弥八は、一分銀を巾着にしまうと、「あっしは、これで」と言い残し、天秤を担いで路地から出ていった。

3

弥八は大川にかかる両国橋を渡っていた。橋の東方にひろがる本所元町《ほんじょもとまち》に行くつもりだった。

弥八は藤兵衛から話を聞いたとき、守蔵や一味の者たちは深川を根城にしているのではないかとみたのだ。守蔵は深川で料理屋と女郎屋をやっているようだし、平田は深川の賭場で、用心棒をやっていたらしい。ふたりとも、深川に深くかかわっているとみていいようだ。

それで、弥八は深川に探りに行く前に、本所元町で縄暖簾《なわのれん》を出した飲み屋をやっている権蔵《ごんぞう》に話を聞いてみようと思ったのだ。

権蔵は両国や本所界隈で幅を利かせていた地まわりだった。ところが、ささいなことで遊び人と喧嘩し、匕首で右腕を斬られて自由に動かなくなった。それで、地まわりの足を洗ったのである。

弥八は、両国や本所で起こった事件の探索にあたるとき、権蔵に話を聞くことがあった。藤兵衛の話から、まず探索にあたる地は深川とみたが、柳橋も探ってみなければならないと思った。その柳橋と深川をつなぐ地が本所の元町辺りである。弥八は、権蔵なら、守蔵や平田のことを知っているのではないか、と踏んだのである。

弥八は両国橋の東の橋詰に出ると、賑やかな人通りのなかを歩いて元町に入り、見覚えのあるそば屋の脇の路地に足をむけた。

その路地には、小料理屋、そば屋、一膳めし屋など飲み食いできる店が軒を連ねていた。賑やかな両国橋の東の橋詰から流れてきた客が立ち寄る店である。

その路地の一角に、見覚えのある飲み屋があった。

……権蔵の店だ。

縄暖簾を出した店先に、赤提灯《あかぢょうちん》がつるしてあった。

弥八は飲み屋の店先に近付いた。客がいるらしく、なかから男の濁声《だみごえ》や哄笑《こうしょう》が聞こえてきた。

弥八は戸口の腰高障子《こしだかしょうじ》をあけ、「ごめんよ」と声をかけてからなかに入った。客が四人いた。印半纏《しるしばんてん》姿の船頭らしい男たちが、土間に置かれた飯台を前にして酒を飲んでいる。権蔵の姿はなかった。

「とっつァん、いるかい」

弥八が、常連らしい物言いで奥に声をかけた。

すると、店の奥の板戸のむこうで下駄の音がし、板戸があいた。姿を見せたのは権蔵である。権蔵は肩にかけた手ぬぐいで濡れた左手を拭きながら出てきた。板場で水を使っていたらしい。右手はだらりと垂らしたままである。

「旦那かい」

権蔵が低い声で言った。

「奥の座敷はあいてるか」

弥八が訊いた。客のいる飯台の近くで捕物の話をするわけにはいかない。それに、権蔵と捕物の話をするときは、奥の座敷を使うことにしていたのだ。奥の座敷といっても、権蔵と女房のおしまがふだん居間として使っている小座敷である。

「あいてるよ。入ってくんな」

権蔵は嫌な顔をせずに、弥八を小座敷に案内した。

弥八が小座敷に腰を落ち着けていっときすると、権蔵が酒と肴《さかな》を運んできた。肴は冷奴とたくあんの古漬けだった。

「一杯やりながら、話を聞きやしょう」

権蔵が銚子《ちょうし》を手にして、弥八の猪口《ちょこ》に酒をついでくれた。

弥八は猪口の酒を飲み干した後、

「おめえも、一杯やってくれ」

そう言って、権蔵にもついでやった。

権蔵は猪口の酒を飲み干すと、

「捕物の話ですかい」

と、急に声を落として訊いた。幅を利かせていた地まわりだったころの凄みが残っている。

「そうだ」

弥八は懐から巾着を取り出すと、一朱銀を権蔵に握らせた。いつもそうだが、権蔵はただでは話さない。

弥八は権蔵が一朱銀を巾着にしまうのを見てから、

「守蔵という男を知っているか」

いきなり、守蔵の名を出して訊いた。

「守蔵ですかい。……どこを塒《ねぐら》にしているやつで」

「深川だ」

「深川の守蔵……。分かってるのは、それだけですかい」

権蔵が訊いた。

「料理屋や女郎屋をやっているらしい」

「聞いたことがありやすぜ」

権蔵が目をひからせて言った。

「話してくれ」

「たしか、そいつは深川の八幡さまの近くで女郎屋をやってるはずだ。……商売の裏で、阿漕《あこぎ》なこともやってるってえ噂《うわさ》でさァ」

八幡さまは、富岡八幡宮のことである。

「そいつだな。……実は、守蔵が柳橋の料理屋にも手を出して、何か始めようとしてるらしいんだが、おめえ、何か聞いてねえかい」

弥八は華村の名は出さなかった。

「柳橋の話は知らねえ」

「阿漕なことをやってるらしいが、何をしてるんだ」

弥八が訊いた。

「守蔵の裏には大物がいて、そいつの指図でやってるらしいが、金ずくで殺しもやるってえ噂もある」

権蔵の顔がけわしくなった。

「なに、殺しだと」

弥八が驚いたような顔をした。金ずくで殺しまでやるような悪党が、守蔵の背後にいるとは思ってもみなかったのだ。

「そうでさァ」

「厄介な相手だ」

弥八は、守蔵を押さえるだけでは始末がつかないとみた。

弥八はいっとき虚空を睨むように見すえていたが、

「ところで、二本差しでな、平田稲三郎という男を知らねえか」

と、声をあらためて訊いた。

「平田ですかい……」

権蔵は虚空に目をとめて、記憶をたどっているような顔をしていたが、

「知らねえ」

と、小声で言った。

「津川仙九郎はどうだ」

弥八は津川の名も出してみた。

「そいつも、知らねえ」

すぐに、権蔵が言った。

それから、弥八は政次郎のことも訊いてみたが、権蔵は知らなかった。

弥八の話がひととおり終わると、

「弥八の旦那、守蔵には近づかねえ方がいいぜ。深川の御用聞きたちも怖がって、

守蔵には手を出さねえようだ」

と、権蔵が声をひそめて言った。

4

聞いた二日後である。

藤兵衛と弥八は、大川端の道を深川にむかって歩いていた。弥八が権蔵から話を
ふたりして深川にむかったのだ。

藤兵衛はすぐに、「わしも深川に行く、守蔵のことを探ってみよう」と言い出し、
弥八が大川端を歩きながら藤兵衛に話しかけた。

「旦那、守蔵の裏には大物がいるようですぜ」

藤兵衛が訊いた。

「そやつの名は」

「名は分からねえが、金ずくで殺しまで引き受けるような男でさァ」

「殺し屋の元締めか」

藤兵衛が驚いたような顔をした。

「そうでさァ」

「すると、平田と津川は殺し屋かもしれんぞ」

藤兵衛は、平田も津川も殺し慣れた男のような気がしていたのだ。

「あっしもそんな気がしやす」

「守蔵だが、華村や富乃屋に手を出したのは、裏にいる男の指図に従ってのことかもしれんな」

「厄介な相手ですぜ」

「そうだな。守蔵が、裏にいる男の指図で動いているとすれば、柳橋にただの料理屋をひらこうとしているのではなかろうな」

藤兵衛は弥八に顔をむけて言った。

「まだ、分からねえが、あっしも料理屋じゃァねえような気がしやす」

弥八が、守蔵にしろ裏にいる男にしろ、料理屋をひらくために深川から柳橋に出てくることはないだろうと口にした。

「うむ……」

藤兵衛はいっとき黙考しながら歩いていたが、

「いずれにしろ、わしらだけでは手に負えないようだ」

と、けわしい顔をして言った。

「様子が見えてきたら、あっしから坂口の旦那に話しやすぜ」

「そうしてくれ」

藤兵衛は、坂口が守蔵や影の男を取り押さえるまで、華村や彦四郎たちの身を守らねばならないと思った。

そんな話をしながら歩いているうちに、ふたりは永代橋《えいたいばし》のたもとに出た。

「八幡さままで行ってみやすか」

弥八が言った。

「そうだな」

藤兵衛は、まず富岡八幡宮の門前付近で聞き込み、守蔵がやっているという料理屋と女郎屋を探そうと思った。

「こっちでさァ」

弥八が永代橋のたもとを横切り、川下の方へ足をむけた。

大川沿いの道をいっとき川下にむかって歩くと、左手に入る大きな通りがあった。その通りが、富岡八幡宮の門前通りにつながっている。

富岡八幡宮の一ノ鳥居を過ぎると、門前通りはしだいに賑やかになってきた。通り沿いに料理屋や料理茶屋などが目につくようになり、参詣客や遊山《ゆさん》客などが行き交っていた。藤兵衛たちが富岡八幡宮の門前まで来ると、弥八が鳥居の脇にある茶店に目をやって言った。

「旦那、あの茶店で待っててもらえやすか。あっしが政次郎のことを聞き込んできやすよ」

弥八はふたりで歩きまわるより、ひとりの方が聞きやすいと思ったようだ。

「そうするか」

藤兵衛は、この場は弥八にまかせようと思った。

「半刻（一時間）ほどしたら、もどりやす」

そう言い残し、弥八はその場を離れた。

ひとりになった藤兵衛は、茶店に入って長床几《ながしょうぎ》に腰を下ろした。茶を飲みながらひと休みしようと思ったのだ。

「いらっしゃい」

店の親爺《おやじ》が、注文を訊きに来た。五十がらみと思われる赤ら顔の男である。

藤兵衛は茶と饅頭《まんじゅう》を頼んだ後、

「ここに店を出して長いのか」

と、訊いた。親爺に、守蔵のことを訊いてみようと思ったのだ。

「二十年近く経ちまさァ」

親爺が、得意そうな顔をした。

「それなら、知っているかな」

藤兵衛は腰を浮かせるようにして、親爺に顔を近付け、

「この辺りに、上玉が揃《そろ》っている店があると聞いてきたのだがな」

と、声をひそめて言った。

「女郎屋ですかい」

親爺の顔に薄笑いが浮いた。

「守蔵という男が店のあるじでな。この近くにあると聞いてきたのだ」

藤兵衛が守蔵の名を出すと、親爺の顔から薄笑いが消え、

「旦那、だれに聞いたんです」

と、尋ねた。顔に不審そうな色が浮いている。

「わしの知り合いに、柳橋で料理屋をひらいている益造という男がいてな。その男から聞いたのだ」

咄嗟に、藤兵衛は富乃屋のあるじの名を口にした。

「そうですかい。お武家さまが、守蔵の旦那のことまで知ってるんで訊いてみたんでさァ」

「女郎屋のあるじの名はどうでもいいが、その女郎屋はこの近くかな。せっかく来たのだ。できれば、遊んでいこうかと思ってな」

「旦那もお好きなようで……」

親爺の顔にまた薄笑いが浮いた。

「なんという女郎屋かな」

藤兵衛があらためて訊いた。

「玉置屋《たまきや》でさァ。上玉を置く店で……」

「なるほど、いい名だ」

「旦那、ごゆっくり」

親爺はそれだけ話すと、店の奥にもどった。いつまでも、油を売っているわけにはいかないと思ったらしい。

藤兵衛もこれ以上訊くと不審を抱かせると思い、その後は玉置屋も守蔵の名も口にしなかった。そして、届いた饅頭を食い、茶を飲んでから店を出た。

藤兵衛は賑やかな門前通りを歩きながら、土地の者らしい男にそれとなく玉置屋のことを訊いてみた。男は八幡宮の前を蓬萊橋《ほうらいばし》の方に歩くと、すぐに玉置屋があると教えてくれた。

藤兵衛は八幡宮の門前を南に歩いた。前方に、掘割にかかる蓬萊橋が見えている。その橋のたもと近くに女郎屋らしい店があった。

「この店か」

思っていたほど、大きな店ではなかった。

藤兵衛は店を目にしただけで、すぐに来た道を引き返した。弥八と約束した半刻は過ぎている。

5

藤兵衛が富岡八幡宮の門前にもどると、弥八が待っていた。

「すまん、すまん」

藤兵衛は小走りに弥八に近寄った。

「旦那も探ってたんですかい」

「守蔵がやっているという女郎屋がどこにあるか、探してみようと思ってな」

「女郎屋は分かりやしたか」

弥八が訊いた。

「すぐ近くだ。行ってみよう」

藤兵衛が、歩きだした。

藤兵衛が先にたって蓬萊橋の方へ足をむけた。そして、橋のたもと近くまで来ると、

「あれらしい」

と言って、女郎屋らしい店を指差した。

店の出入り口に長い暖簾が下がり、脇が紅殻格子《べんがらごうし》になっていた。近付いてみると、暖簾に玉置屋と染め抜かれていた。

店の出入り口の脇に長床几が置いてあり、妓夫《ぎゆう》らしい男が腰を下ろしていた。妓夫は女郎屋で客引きや店番などをする男である。

「あれが、玉置屋ですかい」

「そのようだ」

「さすが、旦那だ。やることが早《はえ》え」

「たまたま、茶店の親爺が知っていただけだ。……ところで、弥八は何か知れたか」

藤兵衛は、来た道を引き返し始めた。いつまでも、その場に立っていると、玉置屋の者に不審を抱かれると思ったからである。

弥八は藤兵衛について歩きながら話した。

「政次郎ですが、この辺りで幅を利かせていた遊び人のようでさァ」

「やはりそうか」

「ちかごろ、政次郎が守蔵といっしょに歩いているのを見かけたやつもいやしたぜ」

「それで、政次郎の住処《すみか》は知れたか」

藤兵衛は、政次郎の住処が知れれば、捕らえて口を割らせる手もあるとみた。

「それが、塒は分からねえんでさァ」

弥八によると、政次郎を知っている者から話が聞けたが、塒は知らなかったという。

「平田という二本差しのことも聞けやしたぜ」

弥八が言い添えた。

「何か知れたか」

「へい、平田は賭場の用心棒をしてたらしいが、ちかごろ守蔵や政次郎と歩いていることが多いそうでさァ」

「それで」

藤兵衛は話の先をうながした。

「いま、平田は守蔵の用心棒をやってるのかもしれねえ」

弥八が小声で言った。確信はないらしい。

「平田の住処は分からないのだな」

「塒は分からねえが、玉置屋を見張ってりァ、守蔵だけでなく平田も姿をあらわすはずでさァ」

「そうだな」

藤兵衛は、平田の他に政次郎も玉置屋に姿を見せるのではないかと思った。

弥八が藤兵衛に身を寄せ、

「旦那、気になることを耳にしやした」

と、小声で言った。

「気になることとは」

「やっぱり、守蔵は親分じゃァねえらしい」

「守蔵の裏にいる大物のことだな」

「そうでさァ」

「そやつの名が知れたのか」

「名は分からねえが、悪党たちの間で仲町の親分と呼ばれてるそうでさァ」

弥八が、遊び人らしい男から聞いたことを言い添えた。

仲町は永代寺門前仲町の略称である。その辺りは、岡場所があったことで知られていた。

弥八が聞き込んだところによると、その親分は、仲町で生まれ育ったため、仲町の親分と呼ばれているようだ。

「仲町の親分な」

「そいつは、長く深川を牛耳《ぎゅうじ》ってる男で、滅多に顔を見せねえそうでさァ」

「すると、華村や富乃屋を脅し取ろうとしている守蔵の後ろには、仲町の親分と呼ばれる男がいて、指図しているとみなければならないな」

「へい」

弥八が顔をけわしくしてうなずいた。

「うむ……」

藤兵衛は、守蔵の後ろにいる仲町の親分と呼ばれる男も始末しないと、此度《こたび》の件は終わらないとみた。

そんな話をしながら歩いているうちに、ふたりは富岡八幡宮の門前まで来ていた。

「さて、どうするか」

藤兵衛が行き来する参詣客に目をやりながら言った。

「旦那、ここから先はあっしと佐太郎とでやりやすよ。いつまでも、旦那に御用聞きのような真似はさせられねえ」

弥八が戸惑うような顔をして言った。

「弥八、気にするな。せっかく深川まで足を伸ばしたのだ。もうすこし、探ってみよう」

そう言ったとき、藤兵衛は背後から近付いてくる足音を聞いた。

振り返ると、佐太郎がニヤニヤしながら近付いてくる。

「佐太郎じゃァねえか」

弥八が驚いたような顔をして声を上げた。いま話していた当人が、ひょっこりあらわれたのである。

佐太郎は通行人に聞こえないように、

「今日は、お師匠と親分がお揃いで、守蔵たちのことを探りに来たんですかい」

と、小声で訊いた。顔の笑いは消えている。

「佐太郎もそうか」

藤兵衛が訊いた。

「そうでさァ」

「どうだ、近くのそば屋にでも立ち寄って話をしないか」

藤兵衛は、こちらでつかんだことを佐太郎に知らせるとともに、佐太郎からも話が聞きたかった。

「そいつはいいや」

佐太郎が声を上げた。

藤兵衛は弥八と佐太郎を連れ、門前通り沿いにあったそば屋の二階の座敷に腰を落ち着けた。

そばをたぐりながら、藤兵衛はこちらでつかんだことをひととおり話してから、

「どうだ、佐太郎も何か知れたか」

と、あらためて訊いた。

「あっしは、まだてえしたことはつかんでねえんですが、猪助《いすけ》ってえやつから政次郎の塒を聞きやした」

「佐太郎、やることが早《はえ》えじゃァねえか」

弥八が感心したような顔をして言った。

「親分には、とてもかなわねえ」

佐太郎は、弥八のことを親分と呼んでいる。

「それで、政次郎の塒はどこだい」

弥八が訊いた。

「山本町でさァ」

永代寺門前山本町は、富岡八幡宮の門前通り沿いにひろがっている。

佐太郎によると、政次郎は山本町の長屋に情婦《いろ》らしい女といっしょに住んでいるという。

「その長屋が、どこにあるかも分かっているのか」

藤兵衛が、そばをたぐりながら訊いた。

「分かってやす。長屋を見てきやした」

佐太郎が得意そうな顔をした。

「旦那、しばらく政次郎を泳がせやすか。政次郎は、守蔵だけでなく平田や津川とも顔を合わせるはずですぜ」

弥八が言った。

「そうだな。捕らえるのは、平田や津川の居所をつかんでからでも遅くはないな」

藤兵衛は、しばらく政次郎を尾ければ、仲町の親分の居所もつかめるのではないかと思った。

「旦那、あっしと佐太郎とでやりやすよ」

改めて弥八が言うと、

「お師匠が、歩きまわることはありませんや」

と佐太郎も声を大きくして言い添えた。

6

深川に出かけた三日後、藤兵衛は朝餉をすませた後、居間に使っている華村の小座敷で茶を飲んでいた。

そのとき、廊下を走る慌ただしい足音がした。足音は小座敷の前でとまり、障子があいて、由江が飛び込んできた。

「と、藤兵衛どの、大変です！」

由江が声をつまらせて言った。顔がひき攣ったようにゆがんでいる。

「どうした」

「へ、平造《へいぞう》さんが、斬られたそうです」

「平造は死んだのか」

藤兵衛は立ち上がった。

「分かりません。いま、五兵衛さんと利吉《りきち》さんが、様子を見に大川端へむかいました」

利吉は包丁人見習いで、まだ十六、七の若者だった。

由江によると、平造は店に来る途中、大川端を通るという。その平造と顔見知りの船宿の船頭が、華村に駆け付けて知らせてくれたそうだ。

「わしも、行ってみる」

藤兵衛は、小座敷の隅に置いてある大小を手にした。

藤兵衛は戸口までいっしょに出てきた由江に、

「わしがもどるまで、店はしめておけ」

と言い置き、表通りに飛びだした。

五ツ半（午前九時）ごろだった。藤兵衛は表通りを東にむかって走った。表通りの人影はすくなかった。夜の遅い柳橋の通りは、料理屋や料理茶屋などの多くが、まだ表戸をしめている。

前方に、大川の川面が見えてきた。秋の陽射しを反射《はね》て、キラキラと輝いている。そのひかりにつつまれながら、猪牙舟《ちょきぶね》、屋形舟、荷を積んだ茶船《ちゃぶね》などがゆったりと行き交っていた。

藤兵衛は大川端に出ると、通りの左右に目をやった。

……あそこだ！

大川の岸際に、人だかりができていた。通りすがりの者や近くの船宿の船頭らしい男などが集まっている。

人垣に近付くと、岸際に立っている五兵衛と利吉の姿が見えた。平造はふたりのそばにいるのではあるまいか。

藤兵衛は人垣に近付き、

「前をあけてくれ！」

と、声をかけた。

すると、すぐに人垣が割れ、藤兵衛を通してくれた。

「だ、旦那、平造さんが……」

五兵衛が声をつまらせて言った。

平造は五兵衛の足元にうずくまっていた。利吉が五兵衛の脇に屈み、血塗《ちまみ》れになっている平造を支えていた。利吉の顔が蒼ざめている。

平造は生きていた。苦痛に顔をしかめて、喘《あえ》ぎ声を洩《も》らしている。

すぐに、藤兵衛は平造の前に屈んで傷を見た。

……刀傷だ！

平造は背後から袈裟《けさ》に斬られていた。肩から背にかけて小袖が裂け、どっぷりと血を吸っている。

それほど深い傷ではないが、出血が激しかった。藤兵衛は、出血を抑えなければ助からないと思い、

「平造、しっかりしろ。いま、血をとめてやる」

と声をかけ、小刀を抜いて平造の小袖の袂《たもと》を切り取り、出血の激しい肩先に押し当てた。そして、五兵衛と利吉に持っている手ぬぐいを出させ、細長く畳んで平造の肩から腋《わき》にまわして強く縛った。これで、すこしは出血が抑えられるはずである。

「平造、立てるか」

藤兵衛が平造の顔を覗《のぞ》いて訊いた。華村まで連れていって、町医者に診てもらうつもりだった。

「へ、へい……」

平造は藤兵衛と利吉の手を借りて何とか立ち上がった。

「五兵衛、玄泉《げんせん》先生のところへ行って、華村に来てもらってくれ」

藤兵衛は平造の体を支えながら言った。玄泉は柳橋に住む町医者である。

「承知しやした」

五兵衛が駆けだした。

藤兵衛たちは華村に着くと、平造を板場の近くの座敷に寝かせ、玄泉が来るのを待った。しばらくすると、玄泉と五兵衛が姿を見せた。玄泉は平造の傷を見て「命にかかわるような傷ではない」と言った後、すぐに手当を始めた。

玄泉は、傷口のまわりを酒で洗い、折り畳んだ晒《さらし》に金瘡膏《きんそうこう》を塗って傷口にあてがった。そして、藤兵衛たちにも手伝わせて、別の晒で強く縛った。

「後は、傷口を動かさないようにすることですな」

玄泉はそう言い置いて、腰を上げた。

藤兵衛は玄泉が去った後、

「平造、だれに斬られたのだ」

と、あらためて訊いた。

「だ、だれか、分からねえが、二本差しがいきなり柳の陰から飛び出してきて……」

平造が声を震わせて言った。

「面長で顎のとがった、目の細い男ではないか」

藤兵衛は平田の顔を思い浮かべて訊いた。

「そ、そいつで」

「やはり、平田か。……それで、何か言ってなかったか」

平田は平造に恨みがあったわけではないだろう。華村や藤兵衛に対して、何か言ったのではあるまいか。

「は、華村を手放さなければ、次は、女将さんやお花という児《こ》を狙うと……」

平造が声を震わせて言った。

「由江や花を狙うだと！」

藤兵衛の顔から血の気が引いた。守蔵たちは、藤兵衛や彦四郎ではなく女子供を狙うというのだ。

「と、藤兵衛どの……」

由江が声を震わせた。

「守蔵たちの思うようにはさせぬ」

藤兵衛が虚空を睨むように見すえて言った。

第三章　襲撃

1

平造が平田に襲われた翌日、華村に佐太郎が姿を見せた。

「お師匠、包丁人が斬られたそうで」

佐太郎が藤兵衛の顔を見るなり訊いた。どうやら、佐太郎は平造が斬られたことを耳にし、様子を聞きに立ち寄ったらしい。

「幸い、命にかかわるような傷ではなかった」

平田はわざと平造に致命傷を与えなかった、と藤兵衛はみていた。平造の口から、華村を手放さなければ、由江やお花を狙うと伝えさせるためであろう。

「やったのは、だれか分かってるんですかい」

佐太郎が訊いた。

「平田だ」

「やつら、包丁人にまで手を出したのか」

佐太郎の顔に、怒りの色が浮いた。

「弥八はどうした」

藤兵衛が訊いた。

「政次郎を見張ってまさァ」

佐太郎によると、弥八と交替で政次郎の塒を見張っているが、変わった動きはないという。

「平田や津川は、姿を見せないのか」

「見せやせん」

「それで、政次郎の動きは」

「やつは近所に飲みに行っただけでさァ」

政次郎の住む長屋の近くに一膳めし屋があり、政次郎は陽が沈むころ出かけて一杯やり、そのまま長屋にもどったという。

「こうなったら、政次郎を捕らえて吐かせるか。その方が手っ取り早い」

藤兵衛は、政次郎を泳がせておく余裕はないような気がした。平田や津川の居所を摑む前に、由江やお花が襲われるかもしれない。

「お師匠、いつやりやす」

佐太郎が身を乗り出して訊いた。

「早い方がいい。これから、深川へ行くか」

政次郎が一膳めし屋に出かけたときに取り押さえればいい、と藤兵衛は思った。

「行きやしょう」

佐太郎もやる気になっている。

藤兵衛は由江に、今夜中にもどるから、出歩かないように彦四郎たちにも伝えてくれ、と言い置き、佐太郎とふたりで華村を出た。

藤兵衛と佐太郎は柳橋から両国広小路に出て、大川にかかる両国橋を渡った。そして、大川端の道を深川にむかった。

ふたりが富岡八幡宮の門前通りに出たのは、八ツ（午後二時）ごろだった。門前通りは賑わっていた。参詣客や遊山客が行き交っている。

永代寺門前山本町に入って、いっとき歩くと、

「こっちでさァ」

佐太郎が先に立って、左手の路地に入った。

そこは、富岡八幡宮に近いせいもあって人通りが多かった。小料理屋、縄暖簾を出した飲み屋、そば屋などの飲み食いできる店が軒を連ねている。

それでも、しばらく歩くと人影が少なくなり、路地沿いの店もまばらになった。長屋や仕舞屋なども見られるようになった。

佐太郎が路傍の樹陰に身を寄せ、

「お師匠、そこの八百屋の斜向かいにある長屋が、政次郎の住む伝蔵店《でんぞうだな》ですぜ」

路地沿いにある小体《こてい》な八百屋を指差して言った。

見ると、八百屋の斜向かいに長屋につづく路地木戸があった。

「弥八は」

弥八の姿が見当たらなかった。

「あっしが、呼んできやす」

そう言い残し、佐太郎は足早に八百屋の方へむかった。

佐太郎は八百屋の脇にまわると、すぐに弥八を連れてもどってきた。どうやら、弥八は八百屋の脇から路地木戸を見張っていたらしい。

「旦那、どうしやした」

弥八が藤兵衛に訊いた。

「いや、華村の包丁人の平造が平田に襲われてな」

藤兵衛は平造が襲われたことから、次は由江やお花が狙われる恐れがあることなどを話し、

「こうなると、政次郎を泳がせておく余裕はない。政次郎を押さえて、平田や津川の居所を吐かせたいのだ」

と、言い添えた。

「今日、やつを捕らえやすか」

弥八が訊いた。

「そのつもりで来たのだが、政次郎は長屋にいるのか」

いなければ、政次郎がもどるまで待たねばならない。

「いやす」

弥八によると、一刻（二時間）ほど前、路地木戸からなかに入り、井戸端にいた

長屋の女房に政次郎の家を訊き、腰高障子の前まで行って政次郎がいるのを確かめたという。

「政次郎、ひとりか」

藤兵衛が訊いた。

「おせんという女といっしょでした」

弥八によると、おせんは政次郎の情婦らしいという。

「長屋に押し入って政次郎を押さえると、騒ぎが大きくなるな」

「長屋で押さえるなら、暗くなってからがいいですぜ」

弥八が言った。

「ともかく、陽が沈むまで待つか」

藤兵衛は、その前に政次郎が長屋から出てくれば、外で取り押さえる手もあるとみた。藤兵衛たちは、弥八が身をひそめていた八百屋の脇にまわった。

そこは隣の店との間で、八手《やつで》が大きな葉を茂らせていた。藤兵衛たちは八手の陰から、長屋の路地木戸を見張った。

陽は西の家並のむこうにまわっていた。七ツ半（午後五時）ごろではあるまいか。

路地には、まだぽつぽつと人影があった。仕事を終えた出職の職人、道具箱を担いだ大工などが、日没に急《せ》かされるように足早に歩いていく。

2

陽が沈み、八手の陰や路地沿いの店の軒下などには、淡い夕闇が忍び寄っていた。そろそろ暮れ六ツ（午後六時）の鐘が鳴るのではあるまいか。

藤兵衛たちが身をひそめている脇の八百屋は、店仕舞いするらしく表戸をしめ始めた。

「そろそろだな」

藤兵衛が両手を突き上げて伸びをしたときだった。

「旦那！　やつだ」

弥八が声を殺して言った。

見ると、路地木戸から遊び人ふうの男が、雪駄《せった》をちゃらちゃらさせながら肩を振るようにして路地に出てきた。政次郎である。

「こっちに来やす」

　佐太郎がうわずった声で言った。

「捕らえよう。弥八と佐太郎は、やつの前に飛び出してくれ。わしが、後ろから行って、峰打ちで仕留める」

「承知しやした」

　佐太郎が言った。弥八は政次郎を見すえてうなずいた。ふたりは懐から十手を取り出し、握りしめている。

　藤兵衛も抜刀して刀身を峰に返した。

　政次郎が、藤兵衛たちのいる八百屋の脇に近付いてきた。まだ、藤兵衛たちに気付いていない。

「佐太郎、行くぜ」

　弥八が飛び出し、佐太郎がつづいた。

　政次郎は、路地に飛び出してきた弥八と佐太郎を見て、ギョッとしたように立ち竦んだ。これを見た藤兵衛は抜き身を手にし、すばやい動きで政次郎の背後にまわり込んだ。

「御用だ！」

佐太郎が声を上げ、弥八とふたりで政次郎に十手をむけた。

「ちくしょう！　つかまってたまるか」

政次郎が懐に手を突っ込んで匕首を取り出した。

そのとき、背後にまわった藤兵衛が、

「政次郎、後ろだ！」

と、声をかけた。

政次郎が振り返った。その瞬間、藤兵衛が手にした刀を一閃《いっせん》させた。すばやい太刀捌きである。

藤兵衛の峰打ちが、政次郎の脇腹を強打した。

グワッ！　と呻き声を上げ、政次郎は手にした匕首を取り落とした。そして、脇腹を押さえてうずくまった。

「動くな！」

藤兵衛は、切っ先を政次郎の首筋に突き付け、「こいつに、縄をかけろ」と弥八と佐太郎に声をかけた。

弥八がすばやく政次郎の背後にまわり、政次郎の両腕を後ろにとって早縄をかけた。長年、岡っ引きをやっているだけあって、なかなか手際がいい。

「八百屋の脇に、連れ込んでくれ」

藤兵衛たちは、身をひそめていた八百屋の脇に政次郎を連れ込んだ。そこで、暗くなるのを待つのである。

それから一刻（二時間）ほど過ぎた。辺りは夜陰につつまれ、人影はなく、路地沿いの店も表戸をしめてひっそりと静まっている。

「もう、いいだろう」

藤兵衛たちは、政次郎を路地に連れ出した。騒ぎ立てないように、政次郎には猿轡をかませてあった。

その夜、藤兵衛たちは政次郎を華村の板場近くにある納戸に連れ込んだ。そこは、弥之助と吉助を訊問した場所である。

納戸の隅に置かれた燭台の火に、四人の男の顔が浮かび上がった。藤兵衛、弥八、佐太郎、それに捕らえた政次郎である。

「政次郎、弥之助と吉助を知っているな」

藤兵衛は、ふたりの名を出した。

政次郎は驚いたような顔をして藤兵衛を見た。いきなり、藤兵衛が弥之助と吉助の名を口にしたからだろう。

「ふたりをここに連れてきて、話を聞いたのだ」

「ち、ちかごろ、やつらの顔を見ねえが、てめえたちが始末したのか」

政次郎が声を震わせて言った。顔が蒼ざめ、体が顫えている。

「どうかな。いずれにしろ、二度とふたりの顔を見ることはあるまい。……政次郎、おまえたちは、華村を手に入れて何をしようとしているのだ」

藤兵衛が声をあらためて訊いた。

「し、知らねえ」

「料理屋をつづけるつもりか」

「…………」

政次郎は口をつぐんで藤兵衛から顔をそらした。

これを見た佐太郎が、

「お師匠、こいつはすこし痛めつけねえと口を割りませんぜ」

と、昂《たかぶ》った声で言った。

「そのようだな。わしは拷問は好かぬが、この店や女子供の命を守るためには仕方があるまい」

藤兵衛は腰に帯びていた小刀を抜いた。

政次郎にむけられた刀身が燭台の火を映じ、切っ先が血に染まった槍の穂先のようにひかっている。

「政次郎、もう一度訊く。華村を手に入れて何をしようとしているのだ」

藤兵衛が低い声で訊いた。凄みのある声である。

「お、おれは、知らねえんだ」

政次郎が声高に答えたが、体が顫えだした。

「知らぬはずはない！」

叫びざま、藤兵衛はいきなり手にした小刀を一閃させた。ピッ、と政次郎の頬から血が飛んだ。

「次は目を斬る」

藤兵衛が射るような目で政次郎を見すえて言った。藤兵衛の顔が豹変《ひょうへん》していた。

燭台の火に照らされた顔が刹鬼《せっき》のように赤みを帯び、双眸が熾火《おきび》のようにひかっている。

「…………！」

政次郎の顔から血の気が失せ、体の顫えが激しくなった。

「華村を手に入れ、何をしようとしているのだ！」

藤兵衛が鋭い声で訊いた。

「……じょ、女郎屋をひらくと、聞いてやす」

政次郎が声を震わせて言った。

「女郎屋だと。柳橋に、女郎屋か」

「表向きは料理屋で、客が望めば上玉を抱かせるような店でさァ」

政次郎の口許がゆがみ、薄笑いが浮いたが、すぐに消えて恐怖の色に変わった。

「富乃屋もいっしょにしてか」

「詳しいことは知らねえが、離れも造るようだ」

「うむ……」

藤兵衛は、それだけではないような気がした。何か、もっと金になるようなことをたくらんでいるのではあるまいか。

だが、藤兵衛はそのことは追及せず、

「仲町の親分を知っているな」

と、政次郎を見すえて訊いた。

「……………！」

政次郎の顔がひき攣ったようにゆがんだ。

「おまえらの親分だな」

「あ、あっしは、守蔵親分の子分でさァ」

政次郎が声を震わせて言った。

「仲町の親分は、どこにいる」

さらに、藤兵衛が訊いた。

「し、知らねえ。仲町の親分と会えるのは守蔵親分だけで、あっしらは会うことも
できねえ」

「うむ……」

藤兵衛は、仲町の親分もいずれ見えてくると思い、

「平田稲三郎はどこにいる」

と、矛先を変えて訊いた。

「平田の旦那の塒は、決まってねえんで」

政次郎によると、平田は守蔵のやっている女郎屋にいたり、情婦のところに泊まったりしているという。

「津川仙九郎は」

さらに、藤兵衛が訊いた。

「津川の旦那のことは、知らねえ。あっしは、まだ顔を合わせたこともねえんでさァ」

そう言って、政次郎は首を横に振った。

藤兵衛は切っ先を政次郎から離し、

「他に訊くことはあるか」

と、弥八と佐太郎に目をやって訊いた。

すると、弥八が政次郎に身を寄せ、

「平田の情婦《いろ》は、どこにいるんだい」

と、低い声で訊いた。

「黒江町で小料理屋をやっていると聞きやした」

「なんという店だ」

「たしか、小菊《こぎく》とか……」

「小菊な」

弥八は、ちいさくうなずいて身を引いた、それだけ分かれば、平田の居所をつきとめられると踏んだようだ。

「こいつは、どうしやす」

佐太郎が訊いた。

「ここに閉じ込めておくわけにはいかぬな」

納戸は客間から遠かったが板場からは近く、長く閉じ込めておくと商売に差し障りが出るのではあるまいか。

「坂口の旦那に、引き取ってもらいやすか。なに、こいつは守蔵たちといっしょに華村や富乃屋を脅して、ただ同然で店を奪おうとしてるんだ。それだけでも、小伝《こでん》馬町《まちょう》送りでさァ」

弥八が言った。

3

「彦四郎、包丁人の平造が大川端で襲われたことは、聞いたな」

藤兵衛が湯飲みを手にしたまま言った。

朝餉の後、藤兵衛と彦四郎は華村の小座敷で茶を飲んでいた。里美とお花は別の座敷で道場へ出かける支度をしている。

「聞いています。幸い命に別状はなく、包丁人の仕事も何とかつづけられそうだと聞きましたが」

「傷はたいしたことはなかったのだ。……平造を襲ったのは平田らしいんだが、平造は平田に、華村を手放さなければ由江とお花を狙う、と言われたそうだよ」

「母上と花を！」

彦四郎が驚いたような顔をして聞き返した。

「そうだ。ただの脅しとは思えん」

ただ藤兵衛は、平田たちが由江とお花を殺すとは思わなかった。殺してしまえば、華村をただ同然で買い取ることは、いっそうできなくなるはずだ。おそらく、由江かお花を人質にとって、華村を手放すよう迫るにちがいない。それに、わざわざ平造に伝えたことからみて、由江に恐怖心を抱かせる狙いもあるのだろう。

「……………！」

「彦四郎、花を連れて道場と華村を行き来するのは、どんなものかな」

守蔵や平田たちの襲撃から華村を守るためには、彦四郎や里美が華村にいてくれれば助かる。守蔵や平田たちも、華村を襲うのに二の足を踏むだろう。だが、由江やお花が狙われているとなると、話は別である。華村と道場への行き帰りは、お花にとってこのうえなく危険である。

「平田と津川の他に何人かくわわると、わたしと里美だけでは太刀打ちできませんね」

彦四郎の顔にも懸念の色があった。

「わしが同行してもいいが、連日というわけにはいかぬ。それに、わしが華村を出ると、店はまったく無防備になる」

「困りました」

彦四郎が眉を寄せて言った。

「どうだ、しばらくここに来ずに道場にいたら。……それに、永倉にもいてもらうといい」

永倉は、道場に何かあると、稽古場に併設されている着替えの間で寝泊まりすることがあった。

「ですが、永倉にも都合が……」

永倉は陸奥国畠江藩《むつのくにはたえはん》の家臣だった。藩からの許しを得て、千坂道場に通っていた。住居は、日本橋久松町にある町宿《ちようしゆく》で、おくめという妻女とふたりで住んでいる。町宿は、江戸勤番の大名の家臣が藩邸内に入りきれなくなったとき、江戸市中の借家などに住むことである。

「そう長い間ではない。平田か津川を討てば、きゃつらも彦四郎たちを襲うことはできまい。すでに、政次郎を捕らえて話を聞いていてな、なんとか平田の住処はつきとめられそうなのだ」

藤兵衛は、政次郎を捕らえたことは彦四郎たちに知らせてあった。それに、藤兵衛は平田の住処がつきとめられないようであれば、女郎屋の玉置屋を見張り、守蔵が姿を見せたとき捕らえる手もあるとみていた。

「それなら、永倉に話してみます」

藤兵衛と彦四郎がそんな話をしているところに、里美とお花が姿を見せた。道場へ出かける支度ができたらしい。支度といっても、道場へ行き来するだけなので、ふだんの身装《みなり》である。

「さて、出かけるか」

彦四郎が立ち上がった。

彦四郎、里美、お花の三人は、藤兵衛と由江に見送られて華村を後にした。ちかごろ、藤兵衛は道場に行かない日が多かった。できるだけ華村にいたかったし、深川へ守蔵や平田を探りに行く必要があったからだ。

彦四郎たち三人が華村から出て表通りを一町ほど歩いたとき、その三人の姿を見かけた者がいた。佐太郎である。佐太郎は藤兵衛に知らせることがあって、華村に足を運んできたのだ。

彦四郎たちの後ろを、遊び人ふうの男がひとり歩いていた。

……あいつ、若師匠たちを尾けているのかもしれねえ。

と、佐太郎は思った。

遊び人ふうの男は、通り沿いの店の脇や天水桶《てんすいおけ》の陰などに身を隠すようにして彦四郎たちの跡を尾けていく。

お師匠に知らせよう、と佐太郎は思った。

佐太郎は華村に飛び込み、「お師匠はいやすか！」と声を上げた。すると、由江が顔を出し、

「佐太郎さん、どうしました」

と、驚いたような顔をして訊いた。

「お師匠はいやすか。若師匠たちが、あぶねえ！」

佐太郎が声高に言った。

「ま、待って！　いま、呼んできます」

由江が踵を返して、帳場の奥の小座敷にむかおうとしたとき、廊下の先に藤兵衛が姿を見せた。佐太郎と由江のやりとりが、藤兵衛の耳にもとどいたらしい。

「佐太郎、どうした」

すぐに、藤兵衛が訊いた。

「いま、若師匠たちを通りで見かけやした。若師匠たちの跡を尾けていたやつが、いたんでさァ」

「武士か」

「町人で」

「まだ、遠くまでは行くまい。彦四郎たちの後を追おう」

藤兵衛は居間に使っている座敷にとって返し、大刀だけを手にしてもどってくると、

「佐太郎、行くぞ」

と声をかけ、戸口から飛び出した。

「こっちで」

佐太郎が先にたった。

藤兵衛は道場までの道筋を知っていたが、佐太郎の足が速く、藤兵衛は後についていくのがやっとだった。

藤兵衛は佐太郎につづいて懸命に走った。

4

彦四郎たち三人は賑やかな浅草御門の前を過ぎ、神田川沿いの道に出た。神田川沿いの道は人影がすくなかった。ぼてふりや風呂敷包みを背負った行商人、中間《ちゅうげん》を連れた御家人ふうの武士などが、ちらほら歩いている。

千坂道場に行くには浅草橋を渡り、柳原通りを西にむかう道もあったが、柳原通りは人通りが多いので、彦四郎たちは神田川沿いの道を使うことが多かったのだ。

神田川を左手に見ながらしばらく歩くと、前方に神田川にかかる新シ橋が見えてきた。千坂道場に行くには、新シ橋を渡らなければならない。

新シ橋が間近に迫ってきたとき、彦四郎は背後から歩いてくる網代笠をかぶった武士に気付いた。小袖にたっつけ袴で、草鞋履きだった。旅の武芸者を思わせるような扮装《いでたち》である。

……あやつ、おれたちを尾けているのではあるまいか。

彦四郎は、網代笠の武士が跡を尾けているような気がした。

彦四郎がすこし歩いてから振り返ると、網代笠の武士との間が狭まっていた。武士の足が急に速くなったのだ。

彦四郎は里美に身を寄せ、

「後ろの武士、おれたちの跡を尾けてきたようだぞ」

と、小声で言った。

里美は振り返り、「襲う気かもしれません」と、前を歩いているお花には聞こえないように言った。

「おい、前にもいるぞ！」

彦四郎は、前方の樹陰に人影があるのを目にした。神田川の岸際に植えられた柳の陰である。

「何人も、いるようです」

里美が昂《たかぶ》った声で言った。

別の柳の陰にも、人影があった。はっきり見えないが、何人かが身をひそめているようだ。

「おれたちを襲う気か！」

彦四郎の胸を、藤兵衛から聞いた話がよぎった。お花を狙っているのではあるまいか。

「後ろの武士、近付いてきます！」

里美が、前を歩いているお花に身を寄せた。

お花は里美を見上げて、不安そうな顔をした。お花も、後ろから足早に近付いてくる武士に気付いたようだ。

「前からも！」

彦四郎の声が大きくなった。

柳の陰から人影が通りに出てきた。三人――。武士がひとり、遊び人ふうの男がふたりである。

武士は牢人体だった。

「平田だ！」

牢人体の武士に見覚えがあった。藤兵衛が道場からの帰りに襲われたとき、彦四郎は道場から駆け付けて助けに入ったが、そのとき目にした牢人体の男である。その後、藤兵衛から聞いて牢人体の男が平田と分かったのである。

「里美、花、川岸に寄れ！」

彦四郎が声を上げ、川の岸際に身を寄せた。背後からの攻撃を避けるためである。

里美はお花の手を引いて岸際に立ち、お花を彦四郎との間に立たせた。そして、懐剣を手にした。里美は懐剣も巧みである。

背後から来た武士と樹陰に身を隠していた三人が、ばらばらと駆け寄ってきた。

彦四郎の前に立ったのは、網代笠をかぶった武士である。

里美の前には、平田が立った。遊び人ふうのふたりは、里美の左手と彦四郎の右手にまわり込んできた。四人で、彦四郎たち三人を取り囲んだのである。

「おぬし、津川仙九郎か」

彦四郎が誰何した。その武士にも、見覚えがあった。藤兵衛が襲われたとき、藤兵衛と剣を交えた武士である。

「知られたからには、こんな物はいらぬ」

津川はかぶっていた網代笠をとって路傍に捨てた。

「いくぞ！」

津川が抜刀した。

すると、里美と対峙していた平田も刀を抜いた。ふたりの遊び人ふうの男は、匕首を手にして身構えている。

彦四郎も刀を抜き、青眼に構えて切っ先を津川にむけた。

「できるな」

津川はくぐもったような声で言い、八相に構えた。

津川は八相の構えから刀身をすこし寝かせ、切っ先を右手にむけた。左手に寝かせた刀身が、ひかりの線になっている。

……この構えか！

彦四郎は、藤兵衛から津川の異様な構えのことを聞いていたのだ。

彦四郎はわずかに後じさった。津川の刀身が発するひかりの筋に目を奪われて、間合が読めないのだ。

「津川、変わった構えだな」

彦四郎が声をかけたが、津川は無言だった。

「おぬしが、工夫した技か」

さらに、彦四郎が訊いた。

「霞飛燕《かすみひえん》……」

津川がくぐもった声で言った。

「霞飛燕だと」

彦四郎が初めて耳にする技名だった。おそらく、津川が独自に工夫した刀法であろう。津川は全身に気勢を漲《みなぎ》らせ、斬撃の気配を見せた。

彦四郎は青眼に構えた切っ先をわずかに上げて、剣尖を津川の左拳につけた。左拳に目をむけ、津川との間合と斬撃の気配を読もうとしたのだ。

彦四郎と津川との間合は、およそ三間。まだ、一足一刀の斬撃の間境の外である。


このとき、里美は平田と対峙していた。

右手に持った懐剣の切っ先を、平田の目線につけていた。隙のない構えである。

平田は八相に構えていた。里美を威嚇《いかく》するように両肘《りょうひじ》を高くとり、刀身を垂直に立てている。大きな構えで、覆い被さるような威圧感があった。

「女、やるな」

平田が驚いたような顔をして言った。

女だと侮っていた相手が、遣い手と察知したからであろう。

このとき、里美の左手に立った遊び人ふうの男が、

「この女《あま》、千坂道場の女剣士と呼ばれたやつですぜ」

と、口汚く罵《ののし》るような声で言った。

「ならば、遠慮はいらぬな」

平田は大きく八相に構えたまま、足裏を擦るようにして間合を狭めてきた。

里美の顔がひきしまり、双眸が切っ先のようにひかっていた。里美は動かず、懐剣の切っ先を平田の目線につけ、ふたりの間合と斬撃の気配を読んでいる。

5

藤兵衛と佐太郎は、神田川沿いの道を走っていた。藤兵衛は喘ぎ声を上げ、足がふらついていた。藤兵衛は剣の達人であったが、老いたせいか、走るのは苦手である。

前方に新シ橋が見えてきた。

「お師匠！　あそこですぜ」

佐太郎が、走りながら声を上げた。

見ると、新シ橋の近くで、七、八人が斬り合っていた。白刃がきらめき、かすかに気合も聞こえた。

「花がいる」

藤兵衛は入り乱れて斬り合っている人影のなかに、子供と里美らしい女の姿があるのを目にとめた。

「お師匠、もっと速く！」

佐太郎の足がさらに速くなった。稼業のしゃぼん玉売りで市中を歩いていたせいか、佐太郎は健脚である。

「ま、待て」

藤兵衛も足を速めたが、佐太郎との差はさらにひろがった。

「まだ、みんな無事ですぜ」

佐太郎が振り返って言った。

藤兵衛にも、彦四郎、里美、お花が川岸に身を寄せ、津川や平田を相手に闘っている姿が見えていた。

彦四郎の左袖が裂けていたが、浅手らしい。彦四郎は青眼に構えていたが、体勢はくずれていなかった。

藤兵衛は、闘いの場まで半町ほどに近付くと、

「助けに来たぞ！」

と、大声を上げた。彦四郎たちが敵刃を受ける前に、何とか助けに入りたかったのだ。藤兵衛の声で、彦四郎と対峙していた津川が振り返った。

「千坂藤兵衛だ！」

津川が声を上げた。

すると、平田とふたりの遊び人ふうの男が、藤兵衛に顔をむけた。

「藤兵衛と、町人ひとりだ！」

平田が叫んだ。佐太郎のことは知らないらしい。

藤兵衛と佐太郎は懸命に走り、津川たちに迫った。

すると、津川が彦四郎から身を引き、

「千坂はおれが斬る！　平田は、こいつを斬ってくれ」

と平田に声をかけ、藤兵衛に体をむけた。

藤兵衛は、津川と五間ほども間合をとって足をとめた。走りづめで来たせいで、喘ぎ声が洩れ、心ノ臓が早鐘のように打っていた。

……息を静めねば、後れをとる！

と、藤兵衛は思ったのだ。

「千坂、来ないなら、こちらから行くぞ」

津川は素早い動きで間合をつめて八相にとった。刀身をすこし寝かせて切っ先を右手にむけた構えである。

藤兵衛は青眼に構え、剣尖を津川の目線につけた。その切っ先が、揺れていた。まだ、喘ぎ声が洩れている。

藤兵衛は後じさり、ふたたび津川との間合をひろげた。すこしでも時を稼いで、息を静めようとしたのである。

このとき、里美は遊び人ふうの男と対峙していた。男は痩身で、目が細く顎のとがった顔をしていた。

瘦身の男は匕首を手にし、顎の下にとって身構えていた。口許に薄笑いが浮いている。女の里美を侮っているのだ。

もうひとり、浅黒い顔をした遊び人ふうの男が、里美の後ろにいるお花に脇から近付こうとしていた。隙を見て、お花をつかまえる気らしい。

「女、刃物を捨てな。その顔を引き裂かれてもいいのかい」

瘦身の男が嘲《あざけ》るように言った。

「かかってきなさい！」

里美がきつい声で言った。

「命まではとらねえが、その顔を引き裂いてやるぜ」

言いざま、瘦身の男は匕首を構えたまま摺《す》り足で里美に迫ってきた。

里美は懐剣をもった右腕を前に出して構え、上半身をすこし屈めて踏み込む体勢をとった。

多少、剣の心得のある者なら里美の構えを見て、遣い手と気付いただろうが、瘦身の男は女とみて侮っていた。

瘦身の男は一気に、里美の懐剣のとどく間合に踏み込んできた。

イヤアッ！

突如、里美が鋭い気合を発し、体を躍らせた。

ギョッ、としたように、痩身の男が立ち竦んだ。

里美は踏み込みざま、懐剣を袈裟に払った。次の瞬間、懐剣の切っ先が痩身の男の肩から胸にかけて斬り裂いた。

痩身の男の小袖が裂け、あらわになった胸に赤い線がはしり、ふつふつと血が噴いた。痩身の男は驚愕に目を剝《む》き、慌てて後じさった。赤くひらいた傷から流れ出た血が、男の胸を真っ赤に染めている。

ヒイイッ！と、痩身の男は喉を裂くような悲鳴を上げ、踵を返してその場から逃げた。これを見たもうひとりの浅黒い顔の男が、恐怖に顔をひき攣らせ、

「浅造《あさぞう》が、やられた！」

と叫び、慌てて後じさった。逃げた男は浅造という名らしい。

里美の動きは、それでとまらなかった。すばやい動きで浅黒い顔の男に迫ると、

「きなさい！」

鋭い声で言い、懐剣の切っ先をむけた。

「よ、よせ！　近寄るな」

浅黒い顔の男は悲鳴のような声で叫び、さらに後じさって里美との間があくと、反転して逃げだした。

これを目の端でとらえた津川は、顔をしかめて、「いくじのないやつらだ」と吐き捨てるように言うと、後じさって藤兵衛との間合をとり、

「千坂、勝負はあずけた！」

と、大声で言った。近くで彦四郎に切っ先をむけていた平田の耳にもとどくように、大声を上げたらしい。

津川は反転すると、抜き身を引っ提げたまま走りだした。その場から逃げたのである。つづいて、平田も津川の後を追って走りだした。

藤兵衛と彦四郎は、津川たちの後を追わず、里美とお花のそばに駆け寄った。

「大事ないか」

藤兵衛が里美とお花に目をやって訊いた。

「はい、花も無事です」

里美がお花の肩に手をやりながら言った。

お花は目を瞠《みひら》き、里美の顔を見上げていたが、

「母上が、悪いやつをやっつけた！」

と、声を上げ、里美の腰のあたりに両腕をまわして抱きついた。お花も怖かったにちがいない。

里美は笑みを浮かべて、お花の肩に左手をまわして抱き寄せてやった。

6

「旦那さま、弥八さんと佐太郎さんが、見えてますよ」

お松が、帳場の奥の居間に顔を出して言った。弥八と佐太郎は、華村に来たことがあるので、お松はふたりのことを知っていた。

「表に来てるのか」

「はい」

「すぐ参る」

藤兵衛は腰を上げた。ふたりは、何か知らせることがあって来たのではあるまいか。

華村の戸口に、弥八と佐太郎が立っていた。

「ふたりそろって、何かあったのか」

藤兵衛が訊いた。

「旦那の耳に入れておきてえことがありやして」

弥八が小声で言った。

「ここで立ち話はできんな」

まだ、暖簾は出してなかったが、そろそろ店をひらくころである。

「どうだ、上がらぬか」

藤兵衛は、ふたりを居間に使っている座敷に連れていこうと思った。

「ちょいと、敷居が高《たけ》えや」

弥八がめずらしく照れたような顔をして言った。

「気にするな。わしの茶飲み場だ」

そう言って、藤兵衛はふたりを上げて小座敷に誘《いざな》った。

そこへ、由江が姿を見せたので、ふたりのことを紹介してから茶を頼んだ。

「何か知れたのか」

藤兵衛が、弥八と佐太郎を前にして訊いた。

「小料理屋の小菊が知れやした」

弥八が言った。

「平田の女のいる店だな」

藤兵衛は、政次郎が口にしたことを思い出した。

「そうでさァ」

「それで、小菊に平田はいたのか」

「いねえんでさァ。近所で聞き込んで、小菊の女将が平田の情婦《いろ》らしいことは、分かったんですがね。平田は小菊に姿を見せねえんで」

弥八によると、女将の名はお初《はつ》で、小菊の二階に住んでいるという。

「彦四郎たちを襲った四人のなかに、平田もいたのだ。ちかごろ、平田は津川といっしょに動いているかもしれんな」

藤兵衛たちが、新シ橋の近くで、平田たちと闘って三日経っていた。平田がいまだに小菊に姿を見せないとなると、平田は津川と行動を共にし、同じ場所で寝泊まりしていることも考えられた。

「それで、あっしと親分とで、昨日から玉置屋を見張ってたんでさァ」

佐太郎が言った。

「何か知れたか」

藤兵衛が声をあらためて訊いた。

「守蔵は玉置屋にいるようでさァ」

弥八によると、守蔵が玉置屋に出入りする姿を二度目にしたという。

「守蔵は玉置屋のあるじらしい。それゆえ、店にいることが多いのではないか」

「守蔵といっしょに子分らしいのが三人、店に入《へえ》るのを見やした」

弥八に替わって、佐太郎が言った。

「その三人のなかに、若師匠たちを襲ったふたりがいやした。ひとりは里美さまに斬られた浅造で、もうひとりの名は分からねえが、浅造といっしょにいた男でさァ」

「そのふたりが、守蔵といっしょに玉置屋に入ったのだな」

「へい」

「いまも、浅造ともうひとりの男は、玉置屋にいるのか」

ふたりは、守蔵の子分だろう、と藤兵衛は思った。子分なら、守蔵や平田たちだけでなく、陰で守蔵たちを操っている仲町の親分のことも知っているのではあるまいか。

「あっしらが見張っている間は、玉置屋にいやした」

佐太郎が言った。

「浅造たちを捕らえるか」

藤兵衛は、いっときも早く平田と津川を捕らえたかった。ふたりは、剣の遣い手である。三日前は、何とか彦四郎たちを助けることができたが、平田と津川がいるかぎり、いつまた襲われるか分からないのだ。

藤兵衛は、ふたりのうち津川が強敵だと思っていた。彦四郎から聞いた津川の遣う霞飛燕は恐ろしい技である。

「守蔵が姿を見せれば、先に捕らえる手もあるな」

藤兵衛が言い添えた。

「旦那、守蔵も捕らえるとなると、あっしらだけじゃァ手が足りねえ。坂口の旦那に話しやすか」

弥八が言った。

「そうだな、わしらだけで、守蔵を捕らえるのはむずかしい。坂口に頼むか」

守蔵だけでなく、背後に仲町の親分と呼ばれる大物がいるとなれば、自分たちだけでは手に負えない、と藤兵衛は思った。

そのとき、由江が盆に湯飲みを載せて座敷に入ってきた。

藤兵衛は由江が茶を出し終えるのを待ち、

「彦四郎たちを、またこの店に呼びたいのでな。早く始末をつけたいのだ」

と、由江にも聞かせるつもりで言った。

「三日前は、お花までが斬り殺されそうになったんですよ。わたし、もう怖くて、怖くて……」

由江が声を震わせて言った。

「二度と彦四郎たちが狙われないように、早く手を打つつもりだ」

「でも、無理しないでくださいね。藤兵衛どのまで襲われることになったら」

由江が心配そうな顔を藤兵衛にむけた。

「わしのことなら、心配しなくていい。きゃつらは、わしを狙《ねろ》うているわけではないからな」

「でも、心配で……」

由江が眉を寄せて言った。

それからいっとき話し、由江が座敷から出ると、

「ともかく、明日、坂口に話してみるか」

藤兵衛は、これまでの経緯も坂口の耳に入れておこうと思った。

7

翌日、藤兵衛は佐太郎を連れ、日本橋小網町にむかった。以前坂口と会ったときと同じ場所で、坂口が巡視のおりに通りかかるのを待とうと思ったのだ。弥八はいっしょではなかった。弥八は今日も深川に出かけ、玉置屋を見張っているはずである。

藤兵衛と佐太郎が、日本橋川の鎧《よろい》ノ渡しと呼ばれる渡し場の近くで待つと、坂口が姿を見せた。供は小者の六助だけだった。どういうわけか、いつも連れている岡っ引きの音次の姿はなかった。

坂口は藤兵衛と佐太郎の姿を目にすると、足早に近寄ってきた。

「坂口、話があるのだ」

藤兵衛が声をかけた。

「お師匠たちにも、いろいろあったようですね」

坂口が藤兵衛に身を寄せて言った。

「危うく彦四郎たちが命を落とすところだった」

「また、笹屋で話しますか」

坂口は、この場で立ち話はできないと思ったようだ。

「巡視に差し障りはないのか」

藤兵衛が訊いた。話が長くなるかもしれないのだ。

「多少遅くなってもかまいません」

そう言って、坂口は笹屋に足をむけた。

藤兵衛、坂口、佐太郎の三人は、笹屋の二階の座敷に腰を落ち着けた。そこは、以前藤兵衛と坂口とで話した座敷である。六助は一階の追い込みの座敷で待つことになった。

坂口は注文を取りに来た小女に三人分のそばを注文し、小女が座敷を出ると、

「何かありましたか」

と、すぐに訊いた。

藤兵衛は、これまでの経緯をかいつまんで話した後、

「わしらを襲った四人のうち、ふたりの居所が知れたのだ」

そう前置きし、玉置屋に浅造ともうひとりの男がいることを話した。

藤兵衛の話が終わると、

「玉置屋には、守蔵もいやす」

と、佐太郎が言い添えた。

「玉置屋は、八幡宮の前にある女郎屋ですね」

坂口が訊いた。

どうやら、坂口も玉置屋のことを摑んでいるようだ。この場に音次はいないが、音次や他の手先が守蔵を探っているのであろう。

「浅造たちを泳がせておいて、平田や津川の居所を摑むのも手だが、いつまた華村や彦四郎たちが襲われるか分からないのだ。それで、浅造たちを捕らえて、口を割らせた方が早いとみてな」

藤兵衛が言った。

「玉置屋に捕方をむけるのですか」

坂口の顔がけわしくなり、双眸が強いひかりを帯びていた。坂口は、玉置屋に捕方をむければ、大きな捕物になると踏んだのであろう。

坂口は虚空に視線をとめて黙考していたが、

「懸念があります」

と、静かだが強いひびきのある声で言った。

「懸念とは」

「町方が玉置屋に踏み込んで、守蔵とふたりの子分を捕らえれば、平田や津川、それに他の子分も、すぐに姿を消すはずです。当然、肝心の仲町の親分も行方をくらまします」

「捕らえた守蔵たちが口を割ったとしても、一味の主だった者は捕らえられないということだな」

藤兵衛も、その懸念はあると思った。

「仲町の親分は姿を消しても、ほとぼりが覚めたころまた深川にもどり、同じような悪事をたくらむはずです。……仲町の親分は、そうやって町方の手を逃れ、長く深川を牛耳ってきたようです」

坂口は、仲町の親分のことも探ったようだ。

「うむ……」

藤兵衛も、ここで守蔵を押さえるのは早いような気がした。

「お師匠、どうです。われら町方が、浅造ともうひとりの男を博奕の科《とが》で捕らえます。それなら、守蔵も仲町の親分も、警戒して身を隠すことはないはずです」

「博奕の科か」

「そうです」

「此度《こたび》の件とは直接かかわりのない科で、浅造ともうひとりの男を捕らえ、平田たちや仲町の親分の居所を吐かせるのだな」

「浅造たちを捕らえても、守蔵の尾行はつづけます。浅造たちが仲町の親分の居所を知らなかったとしても、守蔵を泳がせれば、居所がつかめるかもしれません」

坂口が言った。

「分かった。捕物のことは、坂口にまかせよう」

やはり、坂口は長年八丁堀同心を務めているだけあって、捕物のことには長《た》けている、と藤兵衛は思った。

「ところで、弥八は何をしてるんです」

坂口は、その場にいない弥八のことが気になったらしい。

「親分は、玉置屋を見張っていやす」

佐太郎が言った。

坂口はうなずいた後、

「お師匠、しばらく佐太郎と弥八の手を借りたいのですが」

と、藤兵衛に訊いた。

「弥八と佐太郎は、坂口の配下だ。わしに承諾を得る必要はないぞ」

「こちらの動きは、弥八と佐太郎に連絡させます」

「そうしてくれ」

藤兵衛はいっとき口をつぐんでいたが、

「坂口、平田と津川を捕らえるときは、わしに知らせてくれ。ふたりは遣い手だからな。それに、津川の遣う、霞飛燕と称する八相からの太刀と決着をつけたいのだ」

と、強いひびきのある声で言った。

藤兵衛は、ひとりの剣客として、津川の遣う霞飛燕と勝負したかったのだ。それに、平田も遣い手だった。津川と平田は、剣をもって江戸の巷《ちまた》を生きてきた狼《おおかみ》のような男たちである。町方がふたりを捕らえようとすれば、多くの犠牲者が出るだろう。

「お師匠に、手を貸してもらえれば助かります」

坂口が言った。顔にほっとした表情が浮いた。坂口も津川と平田を町方の手で捕らえるのは容易でない、と分かっていたのだろう。

藤兵衛たちは、とどいたそばをたぐってから笹屋を出た。

藤兵衛は巡視にむかう坂口と別れるおりに、

「坂口、津川と平田に手を出すな」

と、念を押すように言った。

「その前に、お師匠に知らせます」

坂口はそう言い残し、六助と佐太郎を連れて足早に歩きだした。これから、巡視にむかうのであろう。

第四章　剣狼

1

「坂口の旦那、浅造と猪七《いしち》は玉置屋にいやすぜ」

弥八が小声で言った。

猪七は、平田たちが彦四郎たちを襲ったとき、浅造といっしょにいた男である。弥八が客を装って玉置屋の妓夫から名を聞き出したのだ。

坂口は蓬萊橋の近くの、表戸をしめた店の脇にいた。そこから、玉置屋の戸口に目をむけていたのだ。

坂口は、羽織袴姿で二刀を帯びていた。御家人か江戸勤番の藩士といった恰好である。坂口は町方と気付かれないように、八丁堀同心の恰好をしてこなかったのだ。

坂口のそばに、佐太郎と音次の姿もあった。

「店から、出てくるかな」

坂口が訊いた。

「やつら、暗くなると店から出て、近くの一膳めし屋に立ち寄ることがありやすぜ」

弥八は、付近に身を隠して何日も玉置屋を見張ったので、浅造たちの動きが分かっていた。

「そろそろ出てくるころでさァ」

佐太郎が言った。

すでに、暮れ六ツ（午後六時）の鐘が鳴っていた。辺りは淡い夕闇につつまれ、玉置屋からも灯が洩れている。

「出てきた！」

佐太郎が身を乗り出すようにして声を上げた。

見ると、玉置屋の戸口からふたりの男が姿を見せた。ふたりとも、小袖を裾高《すそだか》に尻《しり》っ端折《ぱしょ》りし、両脛《りょうずね》をあらわにしていた。遊び人ふうである。

「浅造と猪七ですぜ」

弥八が言った。まだ、坂口は浅造と猪七の顔を見ていなかったので、弥八がふたりの名を口にしたのだ。

「この辺りでは、仕掛けられないな」

玉置屋の前の道は、人通りが多かった。富岡八幡宮の門前近くということもあって、参詣客や遊山客が行き交っている。

「やつら、蓬萊橋の方へ行きやす。一膳めし屋に行くのかもしれねえ」

弥八によると、一膳めし屋は蓬萊橋のたもとを右手におれ、堀沿いの道を二町ほど行ったところにあるという。

「ともかく、行き先をつきとめよう」

一膳めし屋が近くなら、浅造たちが店から出てきたところを捕縛できるかもしれない、と坂口は踏んだ。

坂口は、八幡宮の門前からすこし離れたところにある番屋に捕方を待機させていた。捕方といっても、坂口が使っている小者と中間、それに手札を渡している岡っ引きとその下っ引きたちである。待機しているのは都合八人で、ここにいる三人をくわえると捕方は十一人ということになる。浅造と猪七のふたりを捕らえるにはすくないが、坂口がひとりを峰打ちで仕留めれば、何とかなるだろう、とみていた。

坂口は浅造たちを博奕の科で捕らえたことにするためもあって、あえて捕方をすくなくしたのだ。

浅造と猪七は、身をひそめている坂口たちの前を通り過ぎ、蓬莱橋の方へむかった。

「尾けるぞ」

坂口たちは、浅造たちが半町ほど離れたところで通りに出た。

浅造と猪七は蓬莱橋のたもとまで来ると、右手におれ、堀沿いの道を進んだ。堀沿いの道に入ると急に寂しくなり、人影もまばらになった。道沿いに並ぶ店は商いを終え、多くが表戸をしめている。灯が洩れているのは、飲み屋、一膳めし屋、小料理屋などである。

浅造たちは、慣れた様子で通り沿いにあった一膳めし屋に入った。馴染みにしている店であろう。

「すぐには、出てこないな」

坂口が弥八に念を押すように訊いた。

「いつも、一刻（二時間）ほど飲んでいやす」

「音次、佐太郎とふたりで行って、番屋にいる捕方を連れてこい」

坂口が指示した。

「へい」

音次は、佐太郎とふたりでその場を離れた。

後に残った坂口と弥八は、堀沿いに植えられた桜の幹の陰に身を隠し、一膳めし屋に目をむけていた。

それから半刻（一時間）ほどして、音次と佐太郎が捕方たちを連れてもどってきた。捕方といっても、捕物装束ではなかった。どの男も小袖を尻っ端折りし、股引《ももひき》に草鞋履きである。巡視のおりに供をするときの恰好に近いが、六尺棒を手にしている者が四人いた。十手でなく、六尺棒を使うつもりで持ってきたようだ。

「暗がりに身を隠せ」

坂口が集まった捕方たちに指示した。

すでに辺りは夜陰に染まっていたので、物陰に入れば簡単に身を隠すことができた。通りの人影はすくなく、物音さえたてなければ気付かれることはないだろう。

音次たちが捕方を連れてきてから半刻ほど過ぎたろうか。一膳めし屋から、男がふたり出てきた。

「浅造と猪七だ！」

弥八が声を殺して言った。

樹陰に身を隠していた何人かの捕方が、慌てて飛び出そうとした。

「待て！」

坂口がとめた。

「そばまで来たら、おれが合図する。それまで、待つのだ」

「へい」

捕方たちは息をつめて、浅造と猪七を見つめている。

浅造たちが、坂口たちの前まで来たとき、

「ふたりを、捕れ！」

と、坂口が声を上げた。

物陰から捕方たちがいっせいに飛び出し、浅造と猪七を取りかこんだ。

御用！

御用！

と、捕方たちは声を上げ、手にした十手や六尺棒を浅造と猪七にむけた。

「神妙に縛につけい！　博奕の科だ」

坂口が、通りすがりの者や近所の店の客にも聞こえるように大声で叫んだ。

「博奕だと！」

浅造が戸惑うような顔をしたが、取りかこんだ捕方たちを見て、慌てて懐から匕首を取り出した。歯向かう気のようだ。

「ちくしょう！　捕まってたまるか」

猪七も、匕首を手に身構えた。手にした匕首が闇のなかで震えている。逆上しているようだ。

「捕れ！」

坂口は抜刀し、浅造の前に立った。

「てめえ、八丁堀か」

浅造がひき攣ったような顔をして訊いた。坂口が、八丁堀同心の恰好をしていなかったからだろう。

「八丁堀だ。おまえたちを探るために、身を変えているのだ」

坂口は手にした刀を峰に返し、浅造の前に踏み込んだ。

浅造は匕首を前に突き出すように構え、

「野郎、殺してやる！」

と叫びざま、いきなりつっ込んできた。

坂口は右手に体を寄せて、浅造の匕首をかわしざま刀身を横に払った。

坂口の峰打ちが、浅造の腹をとらえた。坂口も若いころ千坂道場に通ったので、剣の心得があったのである。

ドスッ、という皮肉を打つにぶい音がし、浅造の上体が前にかしいだ。浅造は手にした匕首を取り落とし、両手で腹を押さえてうずくまった。

「捕れ！」

坂口が声をかけると、近くにいた音次と佐太郎が走り寄った。

佐太郎が前から浅造の両肩をつかんで押さえ、音次が後ろにまわって、浅造の両腕を後ろにとって早縄をかけた。

この間、猪七も捕方たちに押さえ付けられていた。六尺棒を持った捕方が猪七の前後から打ちかかり、猪七の匕首をたたき落とした。そして、別の捕方が猪七に組み付き、足をかけて倒したのだ。

捕方たちは、猪七にも縄をかけた。

「ふたりは、博奕の科で捕らえた。引っ立てろ！」

坂口は、あらためて付近に集まっていた者たちに聞こえるような声で言った。

すでに、辺りは深い夜陰につつまれていたので、坂口たちは捕らえたふたりを近くの番屋に連れ込んだ。

南茅場町《みなみかやばちょう》の大番屋に連行するのは、明朝ということになるだろう。大番屋は調べ番屋ともいわれ、捕らえた下手人を吟味する場であったが、仮牢もあったのだ。

2

坂口が浅造と猪七を捕らえた四日後、佐太郎が華村に姿を見せた。

藤兵衛は華村の戸口で佐太郎と顔を合わせると、

「何か知れたか」

と、すぐに訊いた。

すでに、坂口が浅造と猪七を捕らえたことを佐太郎から聞いていたので、ふたりの吟味で何か新たなことが知れたのではないかと思ったのだ。

「坂口の旦那が、お師匠に話があると言ってやした」

佐太郎によると、坂口は巡視の途中両国をまわり、浅草御門の前を通るという。そこで、顔を合わせて、話をしたいとのことだった。

「すぐ、行く」

藤兵衛は急いで、由江のいる居間にもどり、「出かけてくる」とだけ伝えて、佐太郎とともに浅草御門にむかった。

四ツ半（午前十一時）ごろだった。いまごろ、坂口は両国近くまで来ているのではあるまいか。

藤兵衛たちは浅草橋を渡り、浅草御門から両国広小路に出た。両国広小路は江戸でも有数の盛り場だったので、大変な賑わいを見せていた。様々な身分の老若男女が行き交い、話し声、子供の泣き声、馬の嘶《いなな》き、物売りの声などの喧騒につつまれていた。

「旦那、来やした」

佐太郎が指差した。

見ると、坂口が音次と六助を連れて人込みを分けるようにしてやってくる。

坂口は藤兵衛に近付くと、

「ここでは、話もできませんね。通りへ入りましょう」

そう言って、左手の通りに入った。そこは日本橋につづく通りで、道沿いにひろがる町並は馬喰町《ばくろちょう》である。

坂口は表通りに入っていっとき歩くと、

「また、そば屋ですが、いいですか」

と、藤兵衛に訊いた。そば屋に腰を落ち着けて話すつもりらしい。

「いいな」

藤兵衛も、歩きながら話すのは無理だと思った。日本橋へつづく表通りも、大勢の人が行き交っていた。

坂口が先に、通り沿いにあったそば屋の暖簾をくぐった。巡視の途中、立ち寄ったことのある店らしく、慣れた様子だった。

坂口は、佐太郎、音次、六助の三人を一階の追い込みの座敷に残し、藤兵衛とふたりだけで二階の小座敷に上がった。そして、坂口は注文を聞きに来た小女に、酒とそばを頼んだ。坂口は腰を落ち着けて、藤兵衛と話すつもりらしい。

酒が先にとどき、ふたりが手酌で注いで喉を潤した後、

「浅造と猪七が、吐きました」

坂口が切り出した。

坂口によると、捕らえた下手人の吟味は、吟味方与力があたるが、浅造と猪七の場合、訊問ということで、坂口がふたりから話を聞いたという。

当初、浅造と猪七はかたくなに口をつぐんでいたが、坂口が「守蔵や平田たちをかばって黙っていれば、華村の包丁人や千坂道場の者を襲ったこれまでの悪事は、すべてふたりでやったとみなす」と話し、死罪はまぬがれないことを伝えると、ふたりは話し始めたという。

「華村と隣の富乃屋のことですが、浅造たちによると、華村を改装し、表向きは料理屋を装って、玉置屋以上の女郎屋を柳橋にひらくつもりのようです」

「富乃屋は、どうするつもりなのだ」

藤兵衛が訊いた。

「富乃屋は女郎屋の離れのように使うのだそうです」

「なぜ、柳橋に女郎屋をひらこうとするのだ。深川の別の場所でもいいではないか」

藤兵衛は、柳橋に女郎屋は似合わないし、お上の目もあるのではないかと思った。

「守蔵たちは、柳橋を足掛かりにして浅草にも手を伸ばすつもりなのです」

「浅草にも手を伸ばすだと」

藤兵衛が聞き返した。

「そうです。深川から柳橋、そして浅草と、縄張りをひろげるつもりなのです」

坂口が顔をけわしくして言った。

「柳橋の女郎屋を足掛かりにして、深川から浅草まで縄張りをひろげる魂胆か。浅造や猪七のような男が、考えることではないな」

そのとき、藤兵衛の胸を仲町の親分のことがよぎった。

「坂口、やはり、守蔵や平田たちの裏には仲町の親分がいるようだな」

藤兵衛が顔をけわしくして言った。

「それがしも、そうみました」

「浅造たちは、仲町の親分の居所を知っていたのか」

「ふたりとも、知りませんでした」

「うむ……」

仲町の親分は、用心深い男のようだ、と藤兵衛は思った。浅造たちにさえ、居所をつかませないのだ。

「ただ、仲町の親分の名は知っていました」

「なんという名だ」

「弥五郎《やごろう》だそうです。……守蔵は、弥五郎親分と口にすることがあったそうです」

「弥五郎か」

藤兵衛は、まったく聞いたことのない名だった。

「ところで、平田と津川だが、守蔵の子分なのか」

藤兵衛は平田たちのことも知りたかった。

「ふたりは、だれの子分でもないようです」

「弥五郎の子分でもないのか」

「ただの殺し屋のようです」

坂口が言った。

「やはり、そうか」

すでに、藤兵衛は弥八から平田と津川は殺し屋で、弥五郎が元締めらしいことを聞いていた。坂口の耳にも入っていたはずである。

「これで、ふたりが殺し屋だとはっきりしました」

坂口が浅造と猪七から聞いたことによると、弥五郎が殺しの元締めで、守蔵を通して殺しの依頼を受け、平田と津川が実行しているそうだ。また、殺しの依頼人に会う場所が、守蔵のやっている玉置屋と料理屋だという。

「そういうことか」

弥五郎は華村も殺しの依頼を受ける場にするつもりだったのかもしれない、と藤兵衛は思った。

「守蔵はふだん玉置屋にいるのだな」

藤兵衛が念を押すように訊いた。

「玉置屋と山本町にある春日屋《かすがや》という料理屋のどちらかにいるそうです」

春日屋も、守蔵がやっている店だという。

永代寺門前山本町も、富岡八幡宮の門前通りにひろがり、料理屋や料理茶屋などが多かった。

「それで、平田と津川の居所は知れたのか」

藤兵衛は、ふたりの居所も知りたかった。

「ちかごろ、平田は守蔵といっしょにいることが多いそうです」

「津川は」

「弥五郎といっしょにいるようです」

「ふたりは、用心棒もかねているのか」

「そのようです」

「うむ……」

用心棒として、津川は弥五郎に、平田は守蔵についているようだ。弥五郎も、藤兵衛たちのことを知っていて用心しているのだろう。

藤兵衛と坂口は、いっとき虚空に目をむけて黙考していたが、

「いずれにしろ、守蔵の居所はつかめそうだ。……先に守蔵と平田を捕らえるか」

守蔵を捕らえると弥五郎が姿を消す恐れがあったが、いつまでも泳がせておくわけにはいかない、と藤兵衛は思った。

「いまのところ、それしか手はないようです」

坂口がうなずいた。

3

坂口と会った翌日、藤兵衛は朝餉の後、居間にしている小座敷で茶を飲んでいた。昼過ぎになったら、佐太郎と深川へ出かけ、春日屋に守蔵がいるかどうか確かめてみるつもりだった。

五ツ半（午前九時）ごろである。華村はまだ店をひらく前でひっそりとしていた。料理屋の朝は遅く、包丁人や女中たちのなかにはまだ店に来ていない者もいる。

そのとき、戸口の方で女の甲高い悲鳴のような声がひびき、由江が血相を変えて飛び込んできた。

「と、藤兵衛どの、大変です！」

由江が声をつまらせて言った。

「どうした」

「と、富乃屋さんに男たちが押し込んで、店を壊しています」

「なに、富乃屋を壊してるだと！」

藤兵衛は立ち上がり、小座敷の隅に置いてあった刀をつかんだ。他店であったが、ほうってはおけない。

「ならず者が、四、五人で」

由江はおろおろしながら、藤兵衛の後についてきた。

「由江、女たちを富乃屋に近付けるな」

「は、はい」

「念のため、男たちは店の前に待機させろ」

藤兵衛はそう言い置き、店先から飛び出した。

見ると、富乃屋の戸口の格子戸が壊され、店のなかで男の怒声や悲鳴、何か投げ付ける音や瀬戸物が割れるような音がひびいている。

店先から離れた路傍に、通りすがりの者や近所の者たちが集まっていた。いずれも、こわばった顔で、富乃屋に目をむけている。

藤兵衛は富乃屋の戸口まで来ると、店のなかに目をやった。壊された格子戸の奥に、数人の男がいた。追い込みの座敷に上がって、間仕切りの屏風《びょうぶ》を投げ付けたり、障子を破ったりしている。奥の板場からは、皿やどんぶりなどを投げ付けて割る音や、男の叫び声などが聞こえた。

藤兵衛は抜き身を引っ提げたまま戸口から踏み込み、

「何をしておる！」

と叫びざま、いきなり土間にいた男に斬りつけた。

ザクリ、と男の肩から背にかけて小袖が裂け、あらわになった背から血が噴いた。

男は、目を剝いて後じさり、

「た、助けて！」

と叫び声を上げ、店の奥に逃げた。

これを見た追い込みの座敷にいた男が、「二本差しだ！　元吉《もときち》が斬られた」と叫び、そばにあった箸入《はしい》れを藤兵衛に投げ付けた。

箸入れは藤兵衛の近くの土間に落ち、箸がバラバラと土間に散らばった。

藤兵衛は追い込みの座敷に踏み込み、刀身を脇構えにとって、箸入れを投げ付けた男に迫った。

ワアッ！　と、男が叫び、反転して奥へ逃げようとした。

すかさず、藤兵衛は脇構えから刀身を横に払った。素早い太刀捌きである。

男の小袖が腹のあたりで横に裂け、脇腹に血の線がはしった。あらわになった脇腹からふつふつと血が噴いたが、浅く皮膚を切り裂いただけだった。藤兵衛は殺さないように、手加減をして斬ったのだ。

ヒイイッ！

脇腹を斬られた男は喉を裂くような悲鳴を上げ、追い込みの座敷の隅を通って土間から外に飛び出した。

追い込みの座敷とその奥の小座敷に、別の男がふたりいた。ふたりは、藤兵衛に仲間が斬られたのを見ると、

「斬られるぞ！」

「逃げろ！」

と叫びざま、追い込みの座敷の隅から土間に飛び下りた。

　すると、追い込みの座敷の右手の板戸があいて、別の男が飛び出してきた。そこは板場で、皿や丼などが土間に散乱しているのが見えた。

　ふたりの男は土間に走り出ると、戸口から外に飛び出した。

　藤兵衛は逃げる男たちを追わなかった。店のなかが急に静かになった。押し入った男たちは、みな逃げたらしい。

　藤兵衛はひとつ大きく息を吐いて気を静めてから、刀を鞘に納めた。

　そのとき、板場からあるじの益造とふだん板場にいる利根助《とねすけ》という若い男が、恐る恐る店に出てきた。ふたりとも、ひどい恰好だった。髷が脇に垂れ下がり、頰や瞼《まぶた》が赤く腫れていた。着物の襟がはだけ、袖が裂けていた。押し込んできた男たちに、痛め付けられたらしい。

「益造さん、どうした」

　藤兵衛が声をかけた。

「ち、千坂さま、男たちがいきなり押し入ってきて」

　益造が声を震わせて言った。

「何か言われたのか」

「は、はい、この店を引き渡さなければ、打ち壊すと言って……」

「断ったのだな」

どうやら、守蔵の息のかかった男たちらしい。富乃屋が店を手放すことを断ったので、嫌がらせをしたのだろう。

「そ、そうしたら、このように」

益造によると、男たちはいきなり店のなかで暴れ出し、手当たりしだいに壊し始めたという。

「女たちは」

近くに、益造の女房や小女の姿がなかった。

「裏から逃げました」

「そうか」

女たちは、危害をくわえられなかったようだ。

「あいつら、また、来るでしょうか」

益造が顔に恐怖の色を浮かべて訊いた。

「それは分からぬが、来たら、すぐにわしに知らせるのだ。追い払ってやる」

藤兵衛は、そう言ったが、むずかしいと思った。藤兵衛がいないときに襲われたら、どうにもならない。それに、次は富乃屋でなく華村かもしれない。

……下手をすると、犠牲者がでる。

藤兵衛は、一刻も早く守蔵たちを捕らえねばならないと思った。

4

春日屋は、山本町の富岡八幡宮の門前通りにあった。

通り沿いには参詣客や遊山客相手の料理屋や料理茶屋が何店かあったが、そのなかでも目を引く店だった。それほど大きな店ではないが老舗らしい落ち着いた造りで、入り口の脇にはつつじの植え込みがあり、籬《まがき》とちいさな石灯籠《いしどうろう》がしつらえてあった。

春日屋からすこし離れた下駄屋の脇に立ち、春日屋に目をやっている男たちがいた。藤兵衛、弥八、佐太郎である。三人は、その場から春日屋を見張っていたのだ。

すでに、暮れ六ツ（午後六時）が過ぎ、門前通りは淡い夕闇に染まっていた。さすがに、門前通りも人影がすくなくなり、通り沿いの多くの店が表戸をしめていた。ひらいているのは、料理屋、そば屋、一膳めし屋などの飲み食いできる店と、土産物店だった。ただ、土産物店は、もうすこし暗くなれば店をしめるだろう。

「お師匠、守蔵たちは出てきやすかねえ」

佐太郎が声をひそめて言った。

「どうかな、今夜は春日屋に泊まるかもしれんぞ」

藤兵衛が春日屋に目をやって言った。

藤兵衛たち三人は、機会があれば、守蔵、平田、津川の三人を討つつもりで、午後から女郎屋の玉置屋を見張っていた。すると、守蔵、平田、それに子分らしい男がひとり、姿を見せたのだ。

藤兵衛は、守蔵たちの跡を尾けた。相手が三人なので討つのはむずかしかったし、守蔵たちはすぐに賑やかな門前通りに出たので、討つ機会もなかったのだ。守蔵たち三人は門前通りを西にむかい、そのまま春日屋に入った。そして、いまだに店から出てこないのである。

「こんなところで、いつまでもお師匠を立たせてちゃァ申し訳ねえ。あっしと親分で見張りやすから、そこらで一杯《いっぺえ》やっててくだせえ」

佐太郎がそう言ったときだった。

藤兵衛は春日屋の店先に近付いてくる武士を目にとめた。

「おい、あれは、津川だぞ」

藤兵衛が声を殺して言った。顎がとがり、鼻梁の高い武士の顔に見覚えがあった。津川仙九郎である。

藤兵衛は津川の周囲に目をやった。津川は殺し屋であったが、仲町の親分と呼ばれる弥五郎の用心棒でもあった。津川は弥五郎といっしょに春日屋に来たのではないか、と思ったのである。

だが、付近に弥五郎らしい男の姿はなかった。津川は春日屋の入り口に立つと、通りの左右に目をやってから格子戸をあけてなかに入った。

「やつは、守蔵たちに会いに来たのかもしれねえ」

佐太郎が言った。

「守蔵たちと一杯《いっぺえ》やりながら話すなら、弥五郎もいっしょのはずだがなァ」

弥八は腑に落ちないような顔をしている。

「弥五郎は、先に春日屋に来てるのかもしれやせんぜ」

佐太郎が声を大きくして言った。

「春日屋の者に様子を訊いてみると、分かるかもしれんな」

藤兵衛は、明日にも、春日屋の奉公人か若い衆に様子を訊いてみようと思った。

それからどれほど経ったろうか。藤兵衛が、今夜は諦めて引き上げようかと思い始めたとき、

「お師匠、出てきやした！」

佐太郎が声を上げた。

春日屋の戸口から四人の男が出てきた。平田と守蔵、それに遊び人ふうの男がふたりだった。

平田は戸口で守蔵と何か言葉をかわした後、ひとりだけ通りに出た。守蔵と遊び人ふうのふたりは平田の後ろ姿を見送っていたが、すぐに踵を返して店に入ってしまった。

平田は夜陰につつまれた門前通りを東にむかって歩いていく。

「お師匠、どうしやす」

佐太郎が訊いた。

「平田の跡を尾けよう」

藤兵衛は、平田の行き先をつきとめたかった。それに、ひとりになった平田を襲って仕留める手もあると思った。

藤兵衛たちは、下駄屋の脇から通りに出た。月夜だった。平田の姿が、月光に照らされて黒く浮き上がったように見えている。

風があった。人影のない通りを、ヒュウ、ヒュウと音をたてて吹き抜けていく。

藤兵衛たちは店仕舞いした店の軒下や天水桶の陰などに身を隠しながら、平田の跡を尾けていく。

尾行は楽だった。平田は振り返って見ることもなく、懐手をして通りのなかほどを歩いていた。

「やつは、どこへ行く気ですかね」

「小菊かもしれねえ。女将のところへ、行くんじゃァねえかな」

弥八が声を殺して言った。

「女が恋しくなったんですかい」

佐太郎の声に揶揄するようなひびきがあった。

いっとき歩くと、前方に一ノ鳥居が見えてきた。鳥居をくぐった先が黒江町で、小菊は黒江町にある。

平田は一ノ鳥居をくぐった。辺りが暗くなったように感じられた。通り沿いの店の多くが表戸をしめ、洩れてくる灯がすくなくなったせいである。

「旦那、小菊はこの先ですぜ」

弥八が藤兵衛に身を寄せて言った。

「よし、この辺りで仕留めよう」

藤兵衛は、弥八と佐太郎に道の脇を走って、平田の前に出るよう指示した。

「いいか、やつの足をとめるだけだぞ。近付くな」

藤兵衛が念を押した。下手に近付くと、平田に斬られる恐れがあったのだ。

「へい！」

弥八と佐太郎が走りだした。

ふたりは道沿いの店の軒下闇に身を隠しながら足音を忍ばせて走り、平田の前にまわり込んだ。風音が足音を消してくれた。

藤兵衛も走りだし、平田の背後に迫った。

平田が足をとめて振り返った。前方にまわった弥八たちではなく、背後から走り寄る藤兵衛の足音に気付いたらしい。

平田は踵を返し、走り寄る藤兵衛に体をむけた。平田は藤兵衛と気付くと逡巡《しゅんじゅん》するような素振りを見せたが、逃げなかった。

5

「千坂か！」

平田が藤兵衛を見すえて言った。双眸が、夜陰のなかで青白くひかっている。獲物を待つ狼のような目である。

「いかにも」

「おれを尾けたのか」

そう訊いた後、平田は背後に目をやった。弥八と佐太郎が足音を忍ばせて近付く気配を察知したらしい。

弥八と佐太郎は平田の背後に立つと、十手を手にして身構えた。

「三人で尾けたのだ」

藤兵衛が言った。

「ふたりは、町方の狗《いぬ》か」

「すでに、町方は守蔵の居所もつかんでいる」

「ならば、おぬしを斬って守蔵たちに知らせるか」

平田は嘯《うそぶ》くように言って、刀の柄に手をかけた。

「平田、何流を遣う」

藤兵衛が訊いた。

「神道無念流《しんとうむねん》だが、いまは平田流だ。無手勝流と言ってもいい」

平田の顔に薄笑いが浮いた。

「練兵館《れんぺいかん》か」

神道無念流の斎藤弥九郎《さいとうやくろう》が九段下にひらいた練兵館は、江戸の三大道場のひとつと謳われ、多くの門人を集めていた。

「練兵館に通ったのは若いころだ。むかしのことは忘れたよ」

言いざま、平田は抜刀した。

「平田、おぬしほどの腕がありながら、なぜ殺し屋などになったのだ」

藤兵衛は左手で刀の鯉口を切り、右手を柄に添えた。

「金さ。……金がなければ、めしも食えぬし、女も抱けぬ」

平田は切っ先を藤兵衛にむけた。

「わしは、一刀流を遣う」

藤兵衛も刀を抜いた。

藤兵衛が相手の流派を聞いたのは、あくまでも剣の立ち合いとして平田と勝負したかったからだ。

藤兵衛と平田の間合は、およそ三間半——。まだ、一足一刀の斬撃の間境の外である。平田は上段に構えた。刀身を立てた大きな構えである。刀身が月光を反射《はね》て、銀色《しろがねいろ》にひかっている。

対する藤兵衛は青眼に構えた。剣尖が、平田の目線に付けられていた。隙のない構えで、どっしりと腰が据わっている。

「できるな」

平田の顔がけわしくなった。藤兵衛の構えを見て、あらためて遣い手と思ったようだ。ふたりは、すぐには動かなかった。全身に気勢を込め、斬撃の気配を見せて気魄で攻め合った。気魄で威圧し、敵が怯《ひる》んだ瞬間をとらえようとしているのだ。気の攻防といっていい。

青眼と上段に構えたふたりの刀身は動かず、月光を反射て夜陰のなかで二筋の銀色の光芒《こうぼう》のように見えた。

そのとき、平田の背後にいた佐太郎が一歩踏み込んだ。その足音が、藤兵衛と平田をつつんでいた剣の磁場を切り裂いた。

平田が先《せん》をとった。上段に構えたまま、趾《あしゆび》を這うように動かし、ジリジリと間合を狭めてくる。

と、藤兵衛も動いた。摺り足で、すこしずつ平田との間合をつめ始めた。ふたりは、互いに相手を引き合うように間合を狭めていく。

ふたりが一足一刀の斬撃の間合まであと一歩に迫ったとき、ほぼ同時に寄り身をとめた。そのまま斬撃の間境を越えるのは、危険だと察知したのである。

ふたりは全身の激しい気勢を込めて気魄で攻めていたが、

イヤアッ！

突如、平田が裂帛の気合を発した。気合で、藤兵衛を威圧しようとしたのだ。

だが、この気合で平田の気が乱れた。

この一瞬の隙を藤兵衛がとらえた。

タアッ！

鋭い気合を発して斬り込んだ。

青眼から袈裟へ——。

間髪を容れず、平田も体を躍らせた。

上段から真っ向へ——。

袈裟と真っ向。二筋の閃光が、ふたりの眼前で合致し、青火が散り、甲高い金属音がひびいた。

次の瞬間、平田の腰がくずれて後ろによろめいた。

藤兵衛が先に仕掛けたため、平田の真っ向への斬撃が一瞬遅れた。そのため、平田は藤兵衛の斬撃に押されたのである。

すかさず、藤兵衛が二の太刀をふるった。

袈裟から袈裟へ。

切っ先が、平田の左肩をとらえた。

ザクリ、と平田の肩から胸にかけて小袖が裂けた。

平田は後ろに跳び、大きく間合をとると、ふたたび上段に構えた。あらわになった胸の傷口から血が噴いた。見る間に、平田の胸が赤く染まっていく。

平田の上段の構えがくずれ、刀身が揺れている。

藤兵衛は青眼に構え、切っ先を平田の目線につけた。どっしりと腰が据わった巌《いわお》のような構えである。

「平田、まだくるか！」

藤兵衛が強い声で言った。

「おお！」

平田は上段に構えたまま間合をつめ始めた。

藤兵衛は気を静めて、平田の斬撃の起こりを読んでいた。平田の構えはくずれ、隙が見えたが、平田には相打ち覚悟の捨て身の必死さがあった。

藤兵衛は、平田の真っ向への斬撃を迂闊に受けたら、受けた刀ごと斬り下げられる、とみた。

平田は上段に構えたまま摺り足で斬撃の間境に迫ってきた。牽制も気攻めもなかった。一気に勝負を決するつもりらしい。

平田は斬撃の間境に踏み込むや否や仕掛けてきた。

オオリャッ！

いきなり、平田が凄《すさ》まじい気合を発して斬り込んできた。

上段から真っ向へ——。たたきつけるような斬撃だった。

藤兵衛は平田の斬撃を受けず、右手に跳んで胴を払った。一瞬の体捌きである。

平田の切っ先は、藤兵衛の肩先をかすめて空を切り、藤兵衛の一颯《いっさつ》は平田の胴を薙《な》ぎ払った。

小袖ごと、平田の腹が横に裂けた。

平田は前によろめき、足がとまると、左手で脇腹を押さえてうずくまった。押さえた指の間から臓腑《ぞうふ》が覗き、血が滴り落ちている。

平田は苦しげな呻き声を上げ、うずくまったまま顔を上げなかった。

藤兵衛は刀を下ろし、平田に歩を寄せた。平田は助からない、とみて、とどめを刺してやろうと思ったのだ。ひとは腹を斬られても、すぐには死なない。苦しみながら、半日ほどは生きている。

藤兵衛は平田の脇に立つと、八相に構え、

「武士の情け！　とどめを刺してくれる」

と叫びざま、刀を一閃させた。

にぶい骨音がし、平田の首が前に垂れた。喉皮だけを残して、首を落としたのである。平田の首根から血が激しく飛び散り、辺りが真っ赤に染まった。

いっときすると、平田の首からの出血は収まった。心ノ臓がとまったのである。

藤兵衛は刀に血振《ちぶ》り（刀身を振って刀の血を切る）をくれてから鞘に納めた。

そこへ、弥八と佐太郎が駆け寄ってきた。

「お師匠は、強《つえ》えや」

佐太郎が目を剥いて言った。

弥八も驚いたような顔をして、血塗れになっている平田に目をやっている。

「死骸《ほとけ》をこのままにしておいては、通りの邪魔になる。道の隅に運んでおこう」

藤兵衛は佐太郎と弥八に手伝わせて、平田の骸《むくろ》を路傍に運んだ。

6

平田を討ちとった翌日、藤兵衛、坂口、弥八、佐太郎、六助、音次の六人は、深川山本町に来ていた。

今朝のうちに、藤兵衛は弥八と佐太郎を八丁堀に走らせ、平田を討ちとったことを知らせるとともに、今日のうちにも、守蔵か、春日屋にいる守蔵の子分かを捕えて、弥五郎の居所を聞き出したいと伝えさせたのだ。

すると、坂口から、すぐに山本町にむかうので、お師匠も来てほしい、との言伝が佐太郎を通してあった。そうしたやりとりがあって、藤兵衛たちは山本町の春日屋の近くに集っていたのだ。

坂口は八丁堀同心の恰好ではなかった。守蔵たちに、正体が知れないように御家人ふうの恰好をしている。

藤兵衛たちがいるのは、春日屋から一町ほど離れたところにある掘割沿いの道だった。

「弥八、佐太郎とふたりで、春日屋の様子を見てきてくれ」

藤兵衛が頼んだ。

「承知しやした」

弥八が佐太郎に声をかけ、すぐにその場を離れた。

藤兵衛たちは、その場で弥八たちがもどるのを待つことにした。守蔵が春日屋にいなければ、玉置屋を探りに行かなければならない。

半刻(一時間)ほどして、弥八と佐太郎がもどってきた。

「どうだ、守蔵は店にいたか」

すぐに、藤兵衛が訊いた。

「それが、いねえようでさァ」

弥八によると、春日屋から若い衆が通りに出てきたので、玉置屋からの使いで来たが、守蔵の旦那はいるか、と訊いてみたという。すると、若い衆は、旦那は朝方店を出たまま、まだもどってない、と答えたそうだ。

「旦那、春日屋で、昨夜《ゆうべ》のふたりを見かけやしたぜ」

弥八が声をあらためて言った。

「昨夜のふたりとは」

「平田が店を出るとき、守蔵といっしょに戸口に顔を出したふたりでさァ」

「遊び人ふうの男か」

藤兵衛は、思い出した。昨夜、守蔵といっしょに春日屋の店先まで出てきて、平田を見送ったふたりらしい。

「あのふたり、弥五郎の子分かもしれねえ」

弥八が低い声で言った。

「そう言えば、津川もまだ春日屋にいるかもしれんぞ」

藤兵衛の胸を、弥五郎のことがよぎった。用心棒の津川と弥五郎の子分が春日屋にいるとすれば、いまも弥五郎は春日屋にいるとみていいのではないか。

「弥八、昨夜見たふたりの男だがな、名は分かるか」

藤兵衛が訊いた。

「名は分からねえが、顔は覚えてやすぜ」

弥八が言うと、佐太郎も、

「顔を拝めば分かりまさァ」

と、言い添えた。

「坂口、そのふたりなら、弥五郎のことも知っていそうだぞ」

藤兵衛が坂口に顔をむけて言った。

「そのふたりを捕らえますか」

「遊び人ふうのふたりか、それとも守蔵か。春日屋を見張っていて、先に姿を見せた方を捕らえればいい」

「春日屋だけでなく玉置屋も見張れば、どちらか姿を見せるはずです」

坂口はすぐに、弥八、佐太郎、六助、音次の四人を二手に分けた。弥八と佐太郎は、遊び人ふうのふたりの顔を知っているので春日屋を見張らせ、六助と音次は玉置屋にむけることにした。

「動きがあったら、どちらかひとりが知らせに来てくれ」

坂口はそう言って、弥八たち四人をそれぞれの場にむかわせた。

弥八たち四人がその場から離れると、後に残った藤兵衛が坂口に、

「わしは、弥五郎は春日屋に身をひそめているような気がするのだがな」

と、小声で言った。確信があったわけではない。玉置屋でなければ、春日屋のよ

うな気がしたのである。

「守蔵が春日屋から離れたのに、津川はそのまま残ってますからね。弥五郎は春日屋にいるのかもしれません」

津川は殺し屋だが、弥五郎の用心棒でもあった。その津川が春日屋に残っていることから、坂口は弥五郎もいるのではないかと思ったらしい。

「いずれにしろ、昨夜見かけたふたりの男なら知っていそうだ」

藤兵衛は、春日屋に出入りしている子分なら、弥五郎のことも知っているとみた。

弥八たち四人がその場を離れて、半刻（一時間）ほど経ったろうか。佐太郎が慌てた様子でもどってきた。

「来やす！　ふたりが」

佐太郎が、目を剝いて言った。

「こっちへ来るのか」

藤兵衛が訊いた。

「門前通りを一ノ鳥居の方へむかいやした」

「弥八は」

「ふたりの跡を尾けてくるはずでさァ」

「よし、表通りで待ち伏せよう」

門前通りは人通りが多いが、やむをえない、と藤兵衛は思った。

「また、博奕の科で捕らえますよ」

坂口が言った。

「ともかく、わしと坂口とで、ふたりを仕留めよう」

藤兵衛、坂口、弥八、佐太郎の四人で仕掛けることになるが、四人では少な過ぎて、ふたりを取り巻いて取り押さえることはできない。藤兵衛と坂口が、峰打ちで仕留めるしかないだろう。

「承知」

坂口が顔をけわしくしてうなずいた。

7

「来やした！」

佐太郎が声を殺して言った。

藤兵衛、坂口、佐太郎の三人は、門前通りから掘割沿いの道へ入るところに立っていた。見ると、遊び人ふうの男がふたり、こちらに歩いてくる。それほど多くなかったが、通りにはちらほら人影があった。

「佐太郎、飛び出して、ふたりの後ろへまわれ」

藤兵衛が指示した。弥八と佐太郎とで、背後をかためるのである。

「承知しやした！」

佐太郎が懐から十手を取り出した。

ふたりの男は、藤兵衛たちに近付いてきた。ふたりの背後に、弥八の姿が見えた。通行人を装って、道のなかほどを歩いてくる。

ふたりが三十間ほどに迫ったとき、

「行くぞ」

と、藤兵衛が声をかけ門前通りに出た。そして、ゆっくりした歩調で、ふたりに近付いた。佐太郎は通り沿いの店を覗くようなふりをしながら、ふたりの後ろにまわろうとしている。

まだ、ふたりは藤兵衛たちに気付いていなかった。藤兵衛たちは足を速めて、ふたりの男に迫っていく。

ふたりのうちのずんぐりした体軀の男が、ふいに足をとめた。前から来る藤兵衛たちに気付いたようだ。

「よ、与助《よすけ》、やつら、おれたちを！」

ずんぐりした男が、声をつまらせて言った。

もうひとりの男は、与助という名らしい。与助は、逃げ場を探すように視線をまわした。藤兵衛と坂口は抜刀し、抜き身を引っ提げたまま疾走した。

「逃げろ！」

与助が踵を返して逃げようとしたが、足はとまったたままだった。もうひとりの男も動かなかった。背後に、十手を手にした弥八と佐太郎が立っていたのだ。

藤兵衛と坂口は、一気に与助たちに迫った。

藤兵衛は与助に近付き、与助が左手に逃げようとした瞬間をとらえて、刀身を横に払った。一瞬の太刀捌きである。

藤兵衛の峰打ちが、与助の脇腹を強打した。

与助は苦しげな呻き声を上げ、腹を押さえてよろめいた。そこへ、佐太郎が飛び込み、手にした十手で与助の肩口を殴りつけた。

ギャッ！　と悲鳴を上げ、与助はその場にへたり込んだ。

坂口も仕掛けていた。ずんぐりした体軀の男が反転して逃げようとしたところに、坂口が踏み込み、峰に返した刀を袈裟に振り下ろした。すばやい動きである。

坂口の峰打ちが男の肩口を強打した。

男は苦しげな呻き声を上げ、よろめきながら逃げようとした。

「逃がさぬ！」

坂口は踏み込み、刀身を横に払った。

峰打ちが男の脇腹をとらえ、男は脇腹を押さえてうずくまった。これを見た弥八が駆け寄り、男の両肩を押さえつけた。

「縄をかけろ！」

坂口が声をかけた。

「へい！」

弥八が細引きを手にすると、与助を押さえていた佐太郎も細引きを取り出した。

坂口と藤兵衛も手伝い、四人で与助とずんぐりした体軀の男を縛り上げた。

「ふたりは、博奕の科で捕らえた!」

坂口が十手を手にして声高に言った。

通りかがりの者たちが遠巻きに、藤兵衛たちと、捕らえたふたりの男に目をむけていたのだ。坂口は、先に捕らえた浅造たちと同様、守蔵や弥五郎が町方を恐れて姿を消さないように、与助たちを博奕の科で捕らえたように見せたのである。

「ふたりをどうする」

藤兵衛が訊いた。

「ともかく、人目のないところに連れていきます」

坂口の指示で、弥八と佐太郎が捕らえたふたりを連れて掘割沿いの道に入り、人家の途絶えた場所まで行った。

藤兵衛はこの場は坂口にまかせようと思い、後ろからついていった。

「そこの笹藪《ささやぶ》の陰がいいな」

そう言って、坂口は掘割沿いにあった空き地の笹藪の陰に、捕らえたふたりを連れ込んだ後、

「弥八と佐太郎とで、音次と六助をここに連れてきてくれ」

と、指示した。ふたりは、まだ玉置屋を見張っているはずである。

「承知しやした」

弥八と佐太郎は、すぐにその場を離れた。

坂口は弥八たちがその場を去ると、

「おまえの名は」

と、ずんぐりした体軀の男に訊いた。

坂口は、弥八たちがもどるまでに、捕らえたふたりから話を聞いておこうと思ったのである。

「平次郎《へいじろう》で……」

ずんぐりした体軀の男は隠さなかった。いまさら名を隠してもどうにもならない、と思ったのかもしれない。

「春日屋のあるじは、守蔵か」

「へえ……」

与助が戸惑うような顔をして応えた。坂口が何を探ろうとしているのか、分からなかったからだろう。

「いま、守蔵は玉置屋に行っているな」

坂口が念を押すように訊いた。

「よく、ご存じで」

与助は答えたが、その顔に警戒の色が浮いた。

脇にいる平次郎の顔にも、戸惑いと警戒の色があった。平次郎にも、坂口の訊問の意図が分からないようだ。

「ところで、いま春日屋には津川仙九郎もいるな」

坂口が津川の名を出して訊いた。

与助と平次郎は驚いたような顔をして坂口を見たが、

「知らねえ。津川なんてえ男は、知らねえ」

と、与助が向きになって言った。

「おい、おれたちはな、津川が春日屋に入ったのを見てるんだぜ。おまえたちが、知らねえはずはねえ」

坂口の物言いが、急に伝法《でんぽう》になった。町奉行所の定廻り《じょうまわ》り、臨時廻り、隠密廻りの同心は市中で起こる事件の探索や捕縛にあたることから、ならず者や無宿者などと接する機会が多く、どうしても言葉遣いが乱暴になるのだ。

脇で坂口の訊問を聞いていた藤兵衛は、

……なかなか巧みだ。

と感心し、黙って坂口に目をむけていた。

「津川の旦那の顔は、見やした」

与助が小声で言った。

「すると、弥五郎も春日屋にいるのだな」

坂口が何気ない口調で弥五郎の名を出して訊いた。

「し、知らねえ。弥五郎なんて男は知らねえ」

与助が声をつまらせて言った。顔から血の気が引いている。平次郎も蒼ざめた顔で、口をつぐんでいた。

「おめえたちが、知らねえはずはねえ」

坂口が、与助と平次郎を見すえて言った。

「弥五郎なんて男は知らねえ。そんな男は、春日屋にはいねえ」

与助の声は震えていた。

さらに、坂口は弥五郎のことを訊いたが、与助と平次郎は頑《かたくな》に口をとじていた。

「まァ、いい。御番所で、ゆっくり聞かせてもらう」

坂口がそう言ったとき、笹藪の陰に近付いてくる足音がした。弥八と佐太郎が、音次と六助を連れてもどってきたのだ。

藤兵衛たちは捕らえた与助と平次郎を連れて笹藪の陰から出ると、人影のすくない堀沿いの道や裏路地をたどって、大川にかかる永代橋にむかった。

藤兵衛は、永代橋のたもとで坂口たちと分かれた。今日は、このまま華村に帰るつもりだった。坂口と弥八たちは、与助と平次郎を南茅場町にある大番屋に連行するはずである。

第五章　首魁

1

「お師匠、ここらで待ちやしょう」

佐太郎が藤兵衛に言った。

藤兵衛と佐太郎は、日本橋川の鎧ノ渡し近くにいた。そこは、以前坂口と顔を合わせた場所である。

昨日、坂口から佐太郎を通して、「与助と平次郎の吟味で、分かったことを知らせたい」との言伝《ことづて》があり、この辺りで待ち合わせをすることになったのだ。

「坂口は、今日の巡視はどうする気かな」

藤兵衛が佐太郎に訊いた。すでに、昼過ぎだった。これからでは巡視に間に合わないだろう。

「坂口の旦那は、昼前に近場だけまわると言ってやしたぜ」

佐太郎が言った。

「そうか」

どうやら、坂口は巡視を早めに切り上げて、藤兵衛と会うつもりらしい。

「お師匠、来ました」

佐太郎が通りの先を指差した。

見ると、坂口が足早にやってくる。今日は、坂口ひとりだった。いつも連れている六助と音次の姿はなかった。

坂口は藤兵衛に近付くと、

「また、笹屋でいいですか」

と、訊いた。笹屋は坂口が馴染みにしているそば屋で、近くで顔を合わせると笹屋で話すことが多かった。

「ああ、笹屋でいい」

藤兵衛たちは、笹屋の二階の座敷に腰を落ち着けた。今日は、佐太郎もいっしょである。坂口は注文を取りに来た小女に酒とそばを頼んだ。そして、小女が座敷を

出ると、

「与助と平次郎から、いろいろ話を聞きましてね、すぐにも、手を打った方がいいと思い、お師匠に連絡したのです」

と、坂口が切り出した。

「話してくれ」

「まず、弥五郎ですが、やはり仲町の親分と呼ばれている男で、深川で顔を利かせているようです」

坂口によると、当初、与助と平次郎は守蔵や弥五郎のことになると、口をつぐんでしまい、何も話さなかったという。ところが、すでに浅造と猪七がしゃべっていることを知り、坂口が、「話さなければ、華村の包丁人を襲ったことや、富乃屋に押し入ったのは、お前たちが仲間をそそのかしてやったことにする」と言うと、まず平次郎が口をひらき、与助も話すようになったという。

「弥五郎は、春日屋に身をひそめているのか」

藤兵衛は、もっとも知りたいことを訊いた。

「いるようですが、どこにいるかはっきりしないのです」

坂口が戸惑うような顔をした。

「どういうことだ」

「与助も平次郎も、弥五郎が春日屋にいるらしいことは知っていたのですが、店のなかで顔を合わせたことはないし、女中や包丁人などは、弥五郎のことを守蔵の親で、近くで隠居していると思っているようです」

「弥五郎は、たいそうな歳なのだな」

藤兵衛が訊いた。

「還暦を過ぎた年寄りだそうです」

「弥五郎は、いまも春日屋にいるのではないか」

「弥八や音次たちが春日屋を見張ってますが、弥五郎が店に出入りした様子はないんです」

坂口がそう話したとき、

「お師匠、津川はまだ春日屋にいるはずですぜ」

佐太郎が口を挟んだ。

佐太郎がつづけて話したところによると、津川が春日屋の戸口から出てきたのを目にし、跡を尾けたという。津川は近くのそば屋に入り、しばらくして店から出てくると春日屋にもどったそうだ。

「やつは、春日屋の料理に飽きて、そばを食いに出てきたんでさァ」

と、佐太郎が言い添えた。

「津川が春日屋にいるとなると、弥五郎もいるとみていいな」

藤兵衛は、弥五郎がいなければ、津川が春日屋にとどまる理由はないと思った。

「それがしも、弥五郎は春日屋にいるとみていますが、客のいる座敷や奉公人の目のとどく部屋ではないようだし、はたして店のなかにいるかどうか分からないのです」

坂口が、首をひねりながら言った。

「春日屋に踏み込んで、なかを探すわけにはいかないな」

女中や包丁人にさえ店のどこにいるか分からないとなると、坂口たち町方が踏み込んで探しても、見つからないのではないか、と藤兵衛は思った。

「守蔵を先に捕る手もありますが」

坂口が言った。

「だが、弥五郎は守蔵が町方に捕らえられたことを知れば、姿を消すのではないかな」

弥五郎は春日屋から抜け出し、しばらく深川から離れた地に身をひそめるかもしれない。そうなると、捕らえるのはさらに難しくなるだろう。

「守蔵を捕っても、弥五郎に逃げられては何にもなりませんね」

そう言って、坂口が口をつぐむと、座敷は重苦しい沈黙につつまれた。

藤兵衛はいっとき、虚空に目をむけていたが、

「まちがいなく、弥五郎は春日屋かその近くに身をひそめているはずだ」

そう言って、坂口に顔をむけた。

「春日屋の付近を探ってみますか」

坂口が言った。

「それに、店に出入りする者や近所の住人に訊いてみるのも手だぞ」

春日屋の近くに隠居所のような住居があり、そこに弥五郎は身を隠しているかもしれない、と藤兵衛は思った。

「もう一度、春日屋を洗ってみますよ」

坂口が強いひびきのある声で言った。

「わしも、山本町に行こう」

藤兵衛も、春日屋の近くを探ってみようと思った。

2

坂口と会った翌朝、藤兵衛はひとりで華村を出た。これから、山本町へ行くつもりだった。

柳橋から両国広小路に出て両国橋を渡ると、佐太郎と弥八が待っていた。佐太郎が弥八に連絡し、今日は三人で行くことになっていたのだ。坂口から、佐太郎と弥八を連れていくよう話があったのである。

藤兵衛たちは竪川《たてかわ》にかかる一ツ目橋を渡り、大川沿いの道に出た。その道を川下にむかえば、深川へ出られる。

藤兵衛は大川端の道を歩きながら、

「春日屋の近所で訊きまわると、店の者に知れ、弥五郎の耳にも入るな」

と、弥八たちに言った。坂口と話したときから危惧《きぐ》していたのである。

「坂口の旦那も、言ってやした」

弥八が音次から聞いたことによると、坂口は手先たちに、春日屋の者に知れないよう、店の近くで聞き込みにまわるな、と話したという。

「わしらも、春日屋の近くで聞き込むのはやめるか」

「旦那、裏路地をまわって訊くのも手ですぜ。土地に長く住む者なら、弥五郎のことも知ってるはずでさァ」

「そうだな」

こうした探索は、経験の豊富な弥八や佐太郎にまかせた方がいい、と藤兵衛は思った。そんな話をしながら歩いているうちに、藤兵衛たちは永代橋のたもとまで来た。さらに、川下にむかって歩いてから富岡八幡宮の門前通りに入り、一ノ鳥居をくぐって山本町に出た。

門前通りは、賑わっていた。様々な身分の老若男女が行き交っている。

前方に春日屋が見えてきたところで、藤兵衛たちは路傍に足をとめた。

「表通りで、聞きまわるわけにはいかないな」

藤兵衛が言った。

「この近くの路地に入《へえ》ってみやすか」

弥八が通りに目をやりながら言った。

「親分、あそこ、下駄屋の脇に路地がありやすぜ」

佐太郎が指差した。

見ると、春日屋から二町ほど行った先に下駄屋があった。その脇に路地がある。

「あそこへ入《へえ》ってみやすか」

弥八が藤兵衛に訊いた。

「そうだな。あそこなら、春日屋の者に気付かれることはないだろう」

藤兵衛たちは、下駄屋に足をむけた。

そこは狭い路地だが、そば屋、縄暖簾を出した飲み屋、小料理屋などがごてごてとつづいていた。人通りも、多かった。富岡八幡宮に近いので、参詣客や遊山客などが流れてくるらしい。

通りに入って二町ほど歩くと、しだいに店はまばらになり、人影も少なくなった。表通りから離れたせいらしい。

路地沿いには、八百屋、酒屋、煮染屋など、土地の住人相手の店が多くなり、空き地や笹藪などが目につくようになった。

「旦那、あの酒屋で訊いてみやすか」

弥八が路地沿いの店を指差して言った。

小体な店だが、老舗らしかった。店先に酒林《さかばやし》が吊してある。土間の脇に棚があり酒樽と貧乏徳利《びんぼうどくり》が並べてあった。立ち呑みもできるらしく、土間の脇で職人らしい男が湯飲みで酒を飲んでいた。

「あの店なら、話が聞けそうだな」

藤兵衛たちは、酒屋に足をむけた。

職人らしい男が、親爺に声をかけて店から出てきた。酒を飲み終えたらしい。その男と入れ替わるように、弥八が店に入った。藤兵衛と佐太郎は戸口に立って待つことにした。土間は狭かったし、武士体の藤兵衛がいっしょだと、弥八も聞きにくいだろう。

「いらっしゃい。一杯やりやすか」

親爺が、愛想笑いを浮かべて言った。弥八のことを一杯やりに来た客と思ったらしい。

「ちょいと、訊きてえことがあってな」

弥八は懐から十手を覗かせて言った。

「親分さんでしたかい」

親爺の顔から愛想笑いが消えた。

「ここで商いを始めて長いのかい」

「へえ、親の代から、ここで酒屋をやってやす」

親爺は五十がらみだった。その親爺の親の代からとなると、だいぶ古い店とみていい。

「それなら、知ってるだろう。表通りに、春日屋ってえ料理屋があるな」

「ありやすが」

「あの店に、若いのが逃げ込んだらしいんだ。そいつは遊び人でな、店の名はいえねえが、因縁をつけて金を脅し取ったらしいのよ」

弥八がもっともらしく話した。

「男の名は分かってるんですかい」

「それが、名が分からねえんだ。……その若いのは、この辺りじゃァ名の知れた親分の息のかかったやつらしいんだ」

「親分の名は」

「仲町の親分だよ」

弥八が声をひそめて言った。

「仲町の親分……」

親爺の顔色が変わった。どうやら、仲町の親分のことを知っているらしい。

弥八は親爺に身を寄せ、

「でけえ声じゃァ言えねえが、仲町の親分の塒はこの辺りにあると聞いてるんだ。……おめえも、耳にしたことがあるんじゃァねえのかい」

と、親爺の耳元で言った。

「噂を耳にしたことはありやす」

親爺が声をひそめて言った。

「そうかい。……仲町の親分は、春日屋にいるんじゃァねえのかな。親分の息のかかったやつが、逃げ込んだことからみても、春日屋があやしい」

「ですが、親分、春日屋のあるじは守蔵さんですぜ。仲町の親分じゃァねえ」

「そいつは承知している。……春日屋の近くに、奉公人にも知れねえような隠れ家があるんじゃァねえのか」

弥八はさらに親爺に身を寄せて言った。

「隠れ家なんて、聞いたことがねえ」

親爺は首をひねった。

「店の他に、寝起きするような家はねえのか」

「ありまさァ」

親爺が素っ気なく言った。

「あるのか。どこだい」

「離れでさァ。十年ほど前《めえ》まで、金持ちの客だけに使わせてたようですがね。古くなっちまったんで、客を入れなくなったと聞きやした」

「その離れは、どこにある」

弥八は、そこに弥五郎は身を隠しているのではないかとみた。離れなら、弥五郎だけでなく、津川も寝泊まりできそうだ。

「店の奥ですよ。表からは見えねえが、店に入れば見えまさァ」

「そうかい」

弥八は、すまねえなァ、と親爺に声をかけて店を出た。

藤兵衛、弥八、佐太郎の三人は、酒屋から離れると、

「弥八、話は聞いていたぞ。どうやら、弥五郎は春日屋の離れに身を隠しているようだな」

藤兵衛が顔をひきしめて言った。

それから、藤兵衛たちは路地を歩き、春日屋のことを知っていると思われる店に立ち寄って話を聞いてみた。

春日屋の離れのことを知っている者が、何人かいた。それに、以前から仲町の親分が春日屋に身をひそめているという噂がある、と口にした者もいた。

「離れだな、弥五郎がいるのは」

藤兵衛が確信したように言った。

3

翌日も、藤兵衛、弥八、佐太郎の三人は山本町へ出向き、別の路地に入っていろいろ聞き込んだ。話を聞いた者のなかに、むかし春日屋の離れで何度か飲んだことがあるという瀬戸物屋の隠居がいて、離れの様子を話してくれた。

離れは春日屋のすぐ裏手で、庭木で囲われた静かな場所にあり、贅沢《ぜいたく》な造りで三座敷あるそうだ。裏手には、狭いが台所もあるという。

離れに行くには、春日屋の奥の座敷から短い渡り廊下を使う。また、春日屋の脇を通れば、直接離れに行くこともできるという。

その日の午後、藤兵衛たちは山本町を離れ、八丁堀に足をむけた。坂口と会って、探ったことを伝えようと思ったのだ。

坂口は八丁堀の組屋敷に帰っていた。藤兵衛たちが訪ねると、坂口といっしょに千坂道場の門弟の綾之助まで戸口に出てきて、

「大師匠、上がってください」

と言って、何とか家に上げようとしたが、藤兵衛は固辞した。佐太郎と弥八がいたし、そろそろ夕餉の支度にかかるころだったからである。

藤兵衛たちは、八丁堀の組屋敷のつづく通りを歩きながら話すことにした。

「弥五郎は、春日屋の離れにいるようだぞ」

藤兵衛がそう切り出し、聞き込みでつかんだことを弥八と佐太郎に話させた。

弥八たちから話を聞いた坂口は、

「音次も、離れのことは聞き込んできました。弥五郎と津川は、春日屋の離れにいるようです」

と、静かだが重いひびきのある声で言った。

「どうする、離れに踏み込むか」

藤兵衛が訊いた。

「踏み込みましょう。弥五郎がいなかったとしても、津川はいるはずだし、それに守蔵の子分がいるかもしれない」

坂口が意気込んで言った。

「守蔵はどうする」

「春日屋にもどっていれば、守蔵もいっしょに捕らえられます」

「玉置屋にいたら」

守蔵は春日屋より玉置屋にいることが多いので、いっしょにいるときを狙うのはむずかしいだろう。

「先に、玉置屋に踏み込んで守蔵を捕らえ、間をおかずに春日屋に踏み込みます」

「坂口、守蔵はわしにまかせてくれんか」

「お師匠に」

「そうだ。守蔵たちが、華村に踏み込んできた経緯もあるし、わしと彦四郎とで始末をつけたい」

藤兵衛は、永倉の手を借りてもいいと思った。

「お師匠、弥八と佐太郎を使ってください」

坂口が言うと、

「あっしは、お師匠といっしょに守蔵を捕らえやす」

と、佐太郎が声高に言った。

するとと、弥八も藤兵衛たちといっしょに踏み込むと言った。ふたりが、藤兵衛たちといっしょに守蔵を捕らえる気になったのは、佐太郎は千坂道場の門弟だし、弥八は藤兵衛に探索を頼まれていたからであろう。

「ふたりとも、手を貸してくれ。それから、津川だがな、あの男を捕らえようとすると、大勢犠牲者が出るだろう。……どうだ、津川はわしにやらせてくれんか。守蔵を捕らえたら、すぐ春日屋にむかう」

藤兵衛は、ひとりの剣客として津川の遣う霞飛燕と勝負を決したかったのだ。

「そうしてもらえれば、助かります」

坂口も、津川を捕らえるのはむずかしいとみているようだ。

「それで、いつやるな」

「明後日《あさって》はどうですか。明日にも、捕方を手配します」

「承知した」

藤兵衛は、明日、彦四郎と永倉に話そうと思った。

その後、藤兵衛と坂口はこまかい手筈《てはず》を相談してから組屋敷に足をむけた。

翌日、藤兵衛は、千坂道場の午後の稽古が終わったころを見計らって稽古場に入った。稽古場には、彦四郎と永倉、それに十人ほどの若い門弟が残っていたが、残り稽古が終わったところらしく、門弟たちは帰り支度をしていた。

「花と里美は、どうしたな」

藤兵衛が彦四郎に訊いた。

「さきほどまで、ここで稽古をしていたのですが、母屋に引き上げました」

「そうか。話が終わったら、母屋に顔を出そう」

「義父上、何かありましたか」

彦四郎が声をあらためて訊いた。稽古を終えた後、藤兵衛が姿を見せたので、華村に何かあったと思ったようだ。

永倉も彦四郎のそばに来て藤兵衛に顔をむけた。

藤兵衛は道場に残っていた若い門弟たちが、着替えの間に入ったのを見てから、

「ふたりに頼みたいことがあってな」

と、切り出し、これまで深川で探ったことをひととおり話した。

そして、藤兵衛は一息ついてから、

「坂口と相談してな、明日、弥五郎と守蔵を捕らえることになったのだが、坂口に、

守蔵はわしにまかせてくれと頼んだのだ。……守蔵たちは華村に乗り込んできただけでなく、彦四郎たちや包丁人の平造まで襲っているからな。わしらの手で、始末をつけたいと思うたのだ」

そう、言い添えた。

彦四郎が言うと、

「義父上、手伝わせてください」

「それがしも、いっしょに」

すぐさま永倉がたたみかけた。

彦四郎と永倉の顔が紅潮し、強いひかりを帯びていた。稽古の後の高揚だけでないようだ。彦四郎たちの胸の内にも、守蔵たちとの始末をつけたいという強い思いがあるようだ。

4

「藤兵衛どの、気をつけてください」

由江が華村の戸口まで出て見送ってくれた。由江は、いつになく心配そうな顔をしていた。

出がけに、藤兵衛が由江に、「今日は、彦四郎たちといっしょに守蔵たちを始末するつもりだ。そうすれば、何の心配もなくなる」と話したのだ。

それを聞いた由江は、守蔵たちと斬り合いになると思ったらしい。

「案ずるな。わしらだけではない。町方もいっしょだ」

藤兵衛はそう言い置いて、華村の店先から離れた。

まだ、明け六ツ（午前六時）前だった。柳橋通りは、淡い夜陰につつまれて人影はなく、料理屋や料理茶屋など多くの店は、まだひっそりと寝静まっていた。

藤兵衛が神田川にかかる柳橋を渡り、両国橋のたもとまで行くと、彦四郎と永倉が待っていた。

「参ろうか」

藤兵衛がふたりに声をかけた。

藤兵衛、彦四郎、永倉の三人は両国橋を渡り、竪川にかかる一ツ目橋を渡って大川端に出た。大川端の道を南にむかい、永代橋のたもとまで来ると、佐太郎の姿があった。佐太郎は、橋のたもとで藤兵衛たちを待つことになっていたのだ。

佐太郎は藤兵衛たちの姿を目にすると、駆け寄ってきた。

「待たせたか」

藤兵衛が訊いた。

「来たばかりでさァ」

「弥八は」

「先に行って、玉置屋を見張っていやす」

そう言うと、佐太郎は彦四郎に顔をむけ、「若師匠、守蔵たちの始末がついたら、稽古に顔を出しやすから」と首をすくめて言った。

「花がな、佐太郎さんはいつ来るのかと訊いていたぞ」

彦四郎が笑みを浮かべて言った。

そんなやりとりをしながら歩き、藤兵衛たちは大川端の道から富岡八幡宮の門前通りにつづく道に入った。

門前通りも、ひっそりとしていた。通りの店の多くはまだ表戸がしまったままで、参詣客や遊山客の姿はなかった。

藤兵衛たちが、山本町の春日屋の近くまで来たとき、斜向かいの表戸をしめた店の軒下にいた音次が、小走りに近寄ってきた。坂口より早く来て、春日屋を見張っていたようだ。

「坂口は」

藤兵衛が訊いた。

「小半刻（三十分）もすれば、みえるはずでさァ」

音次によると、坂口たちが来る前に捕物にくわわる岡っ引きや下っ引きたちが、集まるはずだという。

「そうか」

そろそろ坂口も来るだろう。藤兵衛は、坂口との相談のおり、春日屋が店をひらく前に踏み込むと聞いていたのだ。

「それで、春日屋だが、変わったことはないか」

「ありやせん。津川もいるようでさァ」

音次によると、昨日も春日屋の様子を見に来たが、変わった動きはなかったという。ふだんと同じように春日屋は商いをし、客も入っていたという。

「わしらは、玉置屋に行く。向こうの始末がついたら春日屋に駆け付けると、坂口に伝えてくれ」

「承知しやした」

音次は、彦四郎たちにも目をやって言った。

藤兵衛たちは、春日屋の前を通り過ぎ、八幡宮の門前に出た。ふだんは大勢の参詣客や遊山客が行き交っているのだが、まだ人影はなかった。物売りの姿もなく、茶店もとじていた。

藤兵衛たちは茶店の前を通り過ぎてから右手に足をむけた。前方に、掘割にかかる蓬萊橋が見えた。玉置屋は、蓬萊橋の手前にある。

玉置屋の近くまで行くと、玉置屋の隣にある小料理屋の脇から弥八が姿を見せた。足早に、近寄ってくる。

「弥八、守蔵はいるか」

すぐに、藤兵衛が訊いた。藤兵衛は、守蔵がいるかどうか気になっていたのである。

「いるはずでさァ」

弥八によると、今朝はまだ守蔵の姿を目にしてないが、昨夜、守蔵が玉置屋の入り口に姿を見せたのを目にしたという。

「昨夜、守蔵は二本差しを迎えに店から出て来たんでさァ」

弥八が言い添えた。

「客ではないのか」

玉置屋のあるじの守蔵が、客を出迎えに店先まで来ることはないだろう。

「牢人ふうでしたぜ」

弥八には、客のようには見えなかったという。

「うむ……」

平田が斬られたことを知った守蔵は、あらたな用心棒を雇ったのではないか、と藤兵衛はみた。

「弥八、守蔵は店のどの辺りにいるか、分かるか」

藤兵衛が声をあらためて訊いた。

「下働きの男から聞いたんですがね。二階は女郎たちが客を取る部屋で、守蔵は一階の帳場か、奥の居間にいることが多いそうで」

「寝間は」

まだ、守蔵は眠っているはずである。

「奥の板場の近くで、若い衆や子分のいる座敷が隣り合ってるそうでさァ」

「いずれにしろ、一階の奥だな」

藤兵衛が彦四郎と永倉にも聞こえる声で言った。

そのとき、藤兵衛と弥八のやりとりを聞いていた永倉が、

「やけに静かだな」

と、玉置屋の店先に目をやって言った。

「まだ、玉置屋は眠ってるんでさァ」

弥八が、店にいるのは女郎と流連《いっづけ》の客、守蔵、若い衆、それに数人の子分と昨夜店に姿を見せた牢人体の武士だろうと話した。

「どこから入れる」

藤兵衛が訊いた。

「表から入れるはずでさァ」

弥八によると、明け方ちかくに帰る客もいるので、表の戸締まりはしてないはず

だという。

藤兵衛は東の空に目をやった。淡い曙《あけぼの》色に染まっている。玉置屋に長くとどまっている余裕はない。

「よし、踏み込もう」

藤兵衛が彦四郎たちに声をかけた。

5

藤兵衛たち六人は、玉置屋の店先に近付いた。

「あきやすぜ」

弥八が入り口の格子戸に手をかけて引くと、すぐにあいた。

狭い土間があり、その先が板間になっていた。店のなかは薄暗く、静寂につつまれていた。女郎も流連の客も、守蔵たちもまだ眠っているようだ。

板間の正面に、二階に上がる階段があった。客は、その階段を使って女郎たちの部屋へ行くのだろう。

右手が帳場らしかった。板間の突き当たりは、襖《ふすま》になっていた。座敷があるらしい。右手の帳場の脇に、奥へつづく廊下があった。

「二階の奥だ」

藤兵衛たちが板間に踏み込んだ。

そのとき、襖の向こうで夜具から身を起こすような物音が聞こえた。寝ていた者が、戸口の物音で目を覚ましたのかもしれない。

かまわず、藤兵衛たちは板間から右手の廊下へまわった。奥の部屋にいる守蔵を押さえるためである。

廊下の左手には、部屋がつづいているようだった。襖や障子がたててある。右手は雨戸になっていた。

手前の部屋でひとの気配がし、「廊下に、だれかいるぞ」「客が迷い込んだのか」という男の声が聞こえた。

「おれが見てみる」

つづいて男の声がし、障子に近付く足音がした。

「ここは、おれにまかせてくれ」

永倉が足をとめて抜刀した。

いきなり、障子があいて男が姿を見せた。寝間着姿である。

「だ、だれだ！」

男が喉のつまったような声で叫んだ。ひき攣ったような顔をし、その場に凍りついたようにつっ立っている。

すかさず永倉は踏み込み、手にした刀を峰に返して横に払った。一瞬の太刀捌きである。永倉の峰打ちが、男の脇腹をとらえた。

男は呻き声を上げて、その場にうずくまった。

永倉の動きは、それでとまらなかった。巨軀をひるがえし、座敷に踏み込んだ。もうひとりの男が夜具から立ち上がって逃げようとしていた。そこへ、永倉は身を寄せざま、男の脇腹を峰打ちで強打した。素早い動きである。

「わしらは、奥だ」

藤兵衛が声をかけ、さらに奥にむかった。突き当たりが、板場になっているようだ。薄闇のなかに、流し場や竈《へっつい》などが見えた。

板間から三つ目の座敷で、物音がした。何人かいるらしい。男の声と夜具を撥《は》ね除《の》けるような音が聞こえた。

カラリ、と障子があいた。

顔を出した男が、藤兵衛たちを見て目を剝いたまま息を呑んだが、「千坂道場のやつらだ！」と叫んだ。藤兵衛たちのことを知っているようだ。守蔵の子分かもしれない。

部屋のなかに、人影が見えた。寝間着姿の男がふたりいる。ひとりは牢人体だった。総髪を乱し、大刀を手にしていた。咄嗟に、枕元に置いてあった刀を手にして立ち上がったのだろう。

……こやつが、昨夜店に入った男だ！

と、藤兵衛は察知した。

「義父上、奥へ！」

彦四郎が抜刀して言った。

だが、藤兵衛は動かず、その場に立って刀を抜いた。彦四郎の腕でも、三人の男が相手では後れをとるとみたのだ。

「おれに、まかせてくれ！」

背後で永倉の声がした。

永倉が抜き身を引っ提げて、駆け寄ってきた。座敷にいた男ふたりを片付けてきたらしい。

「永倉、頼むぞ」

藤兵衛は、彦四郎と永倉のふたりなら、後れをとるようなことはないとみて、さらに奥へ進んだ。

弥八と佐太郎が、十手を手にして後につづいた。ふたりの顔はこわばり、目がつり上がっている。

板場の近くの座敷から、「だ、だれか、来る」と男の声がし、「おまえさん……」という女のうわずった声が聞こえた。

藤兵衛は、障子をあけはなった。

薄暗い座敷に寝間着姿の守蔵が立っていた。その脇に女がへたり込んでいる。女の寝間着の裾がはだけ、太股があらわになっていた。薄闇のなかに、女の顔や太股などが白く浮き上がったように見えた。

「てめえは、華村の！」

守蔵がひき攣ったような声で叫んだ。

「守蔵、観念しろ!」

藤兵衛は抜き身を手にしたまま座敷に踏み込んだ。

「ちくしょう!」

守蔵は後じさり、神棚の前まで行くと、腕を伸ばして匕首をつかんだ。抵抗するつもりらしい。

「御用だ!」

佐太郎が声を上げて十手を守蔵にむけると、弥八も十手を手にし、藤兵衛の脇へまわり込んだ。守蔵の逃げ道をふさいだのである。

ヒイイッ、と女が悲鳴を上げ、這って部屋の隅に逃れた。

藤兵衛は刀を峰に返し、守蔵に迫った。

「殺してやる!」

叫びざま、守蔵が匕首を前に突き出すように構えてつっ込んできた。逆上しているらしい。

素早い動きで、藤兵衛は体を右手に寄せざま刀身を袈裟に払った。

カキッ、という金属音がひびき、守蔵の匕首がたたき落とされた。すかさず、藤兵衛は刀を横に払った。

袈裟から横一文字へ――。一瞬の太刀捌きである。

ドスッ、というにぶい音がし、藤兵衛の刀身が守蔵の脇腹に食い込んだ。峰打ちである。守蔵は前によろめき、右手で腹を押さえてうずくまった。苦しげな呻き声を洩らしている。

「押さえろ！」

藤兵衛が弥八と佐太郎に声をかけた。

「へい！」

佐太郎が守蔵の前に立って両肩を押さえ付けた。弥八は後ろにまわり、守蔵の両腕を取って早縄をかけた。素早い動きである。

そこへ、彦四郎と永倉が駆け付けた。

「牢人はどうした」

藤兵衛が訊いた。

「討ちとりました」

彦四郎は顔に返り血を浴びていた。

「わしは、すぐに春日屋に行く。彦四郎たちは捕らえた守蔵と、店に残っている子分がいたら捕らえて連れてきてくれ」

「分かりました」

彦四郎がうなずいた。

藤兵衛が座敷から出ると、

「あっしも行きやす！」

佐太郎が声を上げ、後を追ってきた。

6

陽が東の空に顔を出し、富岡八幡宮の門前通りに淡い陽が射していた。まだ、通り沿いの料理屋や料理茶屋などはひらいていなかった。参詣客らしいひとの姿もあったが、わずかである。

藤兵衛と佐太郎は、八幡宮の門前通りを走った。

前方に春日屋が見えてきた。店の入り口近くに数人の捕方らしい男がいたが、坂口の姿はなかった。通行人も、捕方たちに不審そうな目をむけるだけで、足をとめる者はいなかった。春日屋には変わった様子はないし、これから捕物が始まるなどとは思わなかったのだろう。

藤兵衛たちが近付くと、店先にいた六助が駆け寄ってきた。

「千坂さま、待ってやした」

六助がうわずった声で言った。

「坂口たちは」

「こっちで」

六助が先にたち、春日屋の脇を通って奥にむかった。

春日屋はまだひっそりしていた。住み込みの奉公人や若い衆などは眠っているのかもしれない。

春日屋の裏手は庭になっていて、松、紅葉、欅《けやき》などが植えられていた。その葉叢《はむら》のなかに、離れらしい建物があった。話に聞いたとおり、数寄屋造りの贅沢な離れである。ただ、だいぶ古いらしく、板壁などは剝《は》がれている箇所もあった。

坂口と七、八人の捕方が身をひそめていた。音次や見知った岡っ引きの姿もあった。

六助が欅の樹陰を指差した。

「そこに、旦那たちが」


……捕方が、すくない。

と藤兵衛は思い、辺りに目をやると、別の樹陰や春日屋の裏などにふたり三人と、
身を隠している捕方がいた。どうやら、捕方は分散して身をひそめているようだ。

藤兵衛は足音を忍ばせ、坂口に近付いた。

「お師匠、待ってました」

坂口が藤兵衛を見て、ほっとした顔をした。弥五郎の隠れ家の離れを目の前にし
て、藤兵衛が来るのを待っていたのだ。

「変わりないか」

すぐに、藤兵衛が訊いた。

「はい、津川もいるはずです」

「弥五郎と津川の他には」

「子分が、二、三人いるかもしれません」

「踏み込むか」

「はい」

坂口は立ち上がり、周囲に身をひそめていた捕方たちに手を振った。踏み込む、という合図である。

坂口とその場にいた捕方が先に動き、周囲にいた捕方たちが足音を忍ばせて離れに近付いていく。

坂口たちは十手を手にしていた。六尺棒を持っている者もいる。都合、二十四、五人いるようだ。

藤兵衛と佐太郎も、坂口の後につづいた。離れの戸口には、木々の葉叢の間から射し込んだ淡い陽の色があった。

捕方たちが戸口に集まると、坂口が「利根次、裏手にまわれ」と小声で指示した。すると、年配の岡っ引きと思われる男が五人、捕方を連れて離れの脇を通って裏手にむかった。坂口が、利根次たち六人に裏手をかためるよう指示してあったらしい。

表の戸口は、格子戸になっていた。

「戸はあくか」

坂口が音次に小声で訊いた。

すぐに、音次が格子戸に手をかけて引いた。格子戸は軽い音をたてて、すこしだけ開いた。

「あきやす」

「よし、踏み込むぞ」

坂口が捕方たちに声を殺して言った。

音次がさらに格子戸をあけ、坂口をはじめ捕方たちが次々に踏み込んだ。土間の先は、狭い板間になっていた。その奥に、障子がたててある。

障子の先に、ひとのいる気配がした。かすかに夜具を動かすような音がした。

「だれか、入ってきたぞ」

「いまごろ、だれだ」

男のくぐもった声がし、夜具を撥ね除けるような音がした。部屋にいる者が侵入者の気配に気付いたらしい。

「踏み込め！」

坂口が十手を振って声をかけた。

御用！

御用！

捕方たちがいっせいに声を上げ、板間に踏み込んだ。

カラリ、と障子があいた。姿を見せたのは、寝間着姿の若い男だった。

「捕方だ！」

「踏み込んできたぞ！」

ふたりの男が、叫んだ。

藤兵衛は弥五郎の子分とみた。弥五郎と津川は、別の部屋にいるようだ。藤兵衛はすばやく、家のなかを見回した。

左手に廊下があった。奥へつづいているらしい。

「坂口、奥へ行くぞ」

藤兵衛は板間に飛び上がり、左手へ走った。

坂口は近くにいた佐太郎と音次、それに数人の捕方に、「後についてこい」と声をかけ、藤兵衛につづいた。座敷にいるふたりの子分は、後から入ってきた捕方にまかせるつもりらしい。

藤兵衛は、戸口からふたつめの部屋の障子をあけはなった。

座敷のなかほどに、男がひとり立っていた。

「津川だ!」

寝間着姿で、大刀を手にしていた。座敷には夜具が敷いてあった。津川は、ここで寝ていたようだ。

「奥にも、だれかいるぞ」

奥の座敷との間の襖があけられ、座敷に立っている男の姿が見えた。やはり寝間着姿だった。老齢である。鬢や髷が真っ白だった。すこし猫背だが、大きな赤ら顔で、ギョロリとした目をしている。

「弥五郎かもしれません」

藤兵衛が坂口に声をかけた。

津川が刀を手にしたまま男のいる部屋に入った。男を守るつもりらしい。

「弥五郎だ! 捕れ」

と、坂口が叫んだ。

坂口をはじめ十手や六尺棒を手にした捕方たちが、津川と弥五郎のいる座敷に次々と踏み込んだ。

藤兵衛と佐太郎も部屋に入った。

7

津川は弥五郎の前に立ちはだかり、切っ先を捕方たちにむけた。面長の顔が紅潮し、切れ長の細い目が切っ先のようにひかっている。般若《はんにゃ》を思わせるような顔だった。

「近寄れば、斬るぞ！」

弥五郎は長脇差を手にし、捕方たちを睨むように見すえている。

「弥五郎、観念しろ。守蔵も、捕らえたぞ」

藤兵衛が声をかけた。

「捕まってたまるか！」

弥五郎は長脇差を振り上げた。その手が、ビクビク震えている。弥五郎も、逆上

している ようだ。

座敷に踏み込んだ捕方たちが、御用！　御用！　と声を上げ、津川と弥五郎に十手や六尺棒をむけている。

……このままでは、大勢の捕方が津川に斬られる。

と、藤兵衛はみた。何とか、津川を弥五郎から引き離さねばならない。

藤兵衛は津川の前に立ち、

「津川、おれが相手だ」

そう言って、切っ先を津川にむけた。

捕方たちは、すこし身を引き、藤兵衛から間をとった。

「おのれ！　千坂」

津川は顔を怒りに染め、八相にとった。そして、刀身をすこし寝かせて切っ先を右手にむけた。霞飛燕の構えである。

藤兵衛がさらに半間ほど身を引くと、津川は摺り足で前に出てきた。弥五郎との間があいた。霞飛燕は八相から横に払うこともあって、弥五郎に身を寄せたままではふるえないのだ。

「さァ、こい!」

藤兵衛は青眼に構えたが、津川の気魄に圧されるようにジリジリと後じさった。

津川は藤兵衛との間合をつめていく。

そのとき、坂口が津川と弥五郎との間に踏み込み、いきなり十手で弥五郎に打ちかかった。

「寄るな!」

弥五郎は手にした長脇差をふりまわしながら、後ろに逃げた。これを見た捕方たちがいっせいに動き、十手や六尺棒で弥五郎に打ちかかった。

捕方たちの動きを見た津川は、

「おのれ!」

と、怒りの声を上げ、藤兵衛との間合を摺り足でつめてきた。

藤兵衛はさらに身を引き、隣の座敷に入った。捕方たちから津川を引き離そうとしたのである。

津川は八相に構えたまま藤兵衛との間合をつめ、隣の座敷に踏み込んできた。そのとき、肌をたたくような音と弥五郎の悲鳴が聞こえた。捕方が、六尺棒で弥五郎に打ちかかったのである。

藤兵衛は、津川の肩越しに弥五郎に目をやった。弥五郎は捕方たちに囲まれ、畳に押さえ付けられていた。

……弥五郎を捕らえた！

と、藤兵衛は思った。

津川も一歩身を引いて、背後を振り返った。津川の顔が憤怒にゆがんだ。弥五郎が捕方たちに押さえ付けられたのを目にしたようだ。

津川は藤兵衛に目をむけると、
イヤアッ！

甲走《かんばし》った気合を発し、八相に構えたまま踏み込んできた。

咄嗟に、藤兵衛は身を引いた。

と、津川はいきなり右手に走り、廊下に飛び出した。

一瞬、藤兵衛は津川の動きに目を奪われたが、

……逃げる気だ！

と、気付いて廊下に走り出た。

津川は抜き身を引っ提げたまま廊下を走った。廊下にいた捕方が津川の剣幕に恐れをなし、慌てて座敷に逃れた。

「待て！」

藤兵衛は津川の後を追った。

佐太郎と座敷にいた数人の捕方が、藤兵衛の後を追ってきたが、津川との間は狭まらなかった。

津川は板間から土間に下り、戸口から外に飛び出した。

藤兵衛も戸口から出たが、津川の後を追わなかった。いや、追えなかったのである。藤兵衛の息は上がっていた。これ以上、追うのは無理である。

津川の後ろ姿が遠ざかっていた。津川は、庭の樹間を縫うように逃げていく。

藤兵衛の後から佐太郎とふたりの捕方が、戸口から飛び出した。

「旦那、津川は」

佐太郎が目をつり上げて訊いた。

「あ、あそこだ」

藤兵衛が指差した。息が上がり、声がつまった。

津川は樹間を縫うように走り、春日屋の脇へむかった。表通りに出て、逃走するつもりらしい。

「あっしが、やつの行き先をつきとめやす」

佐太郎は津川の後を追って走りだした。

「さ、佐太郎、無理をするな」

藤兵衛は佐太郎の背に声をかけた。

佐太郎は駿足だった。樹間を追う佐太郎の後ろ姿は、すぐに遠ざかった。

藤兵衛は離れにとって返した。弥五郎のことが気になったのである。

弥五郎は縄をかけられ、坂口や捕方たちに取り囲まれていた。弥五郎は苦しげな喘ぎ声を洩らしていた。ひどい顔をしている。六尺棒や十手で捕方たちに殴られたらしく、顔に幾筋もの青痣《あおあざ》がはしり、片方の瞼が腫《は》れ上がっていた。

「津川はどうしました」

坂口が訊いた。

「逃げられたよ」

藤兵衛が渋い顔をして言った。

「あやつ、逃げる気で、この部屋を離れたのか」

「そのようだ」

藤兵衛は、いま佐太郎が尾けているので、津川の行き先はつきとめられるかもしれない、と小声で言い添えた。

第六章　燕を斬る

1

……やつは、どこへ行く気だ。

佐太郎は、津川の跡を尾けていた。

津川は春日屋の離れから逃げ出した後、富岡八幡宮の門前通りを西にむかったが、すぐに右手にまがって掘割沿いの道に入った。

津川は人気《ひとけ》のない道を北にむかった。津川は寝間着姿だったので人目を引く。それで、人影のない通りに入ったのかもしれない。

佐太郎の尾行は巧みだった。路傍の樹陰や店の脇などに身を隠しながら、津川の跡を尾けていく。

津川は掘割沿いの道を足早に歩き、掘割にかかる緑橋のたもとを左手にまがった。

左手にも掘割がつづいている。掘割沿いに町家がつづいていた。この辺りは、伊沢町である。

津川は伊沢町に入って一町ほど歩いたとき、道沿いにあった家の前に足をとめた。借家ふうの小体な仕舞屋である。

津川は入り口の引き戸をたたいた。すると、すぐに戸があき、女の顔が覗いた。津川は女となにやら言葉を交わしていた。

佐太郎の耳に、ふたりの声がかすかに聞こえたが、何を話しているか聞き取れなかった。いっときすると、津川は家のなかに入り、表戸がしめられた。

佐太郎は通行人を装って、家に近付いた。家の前まで来たとき、戸口に身を寄せて聞き耳をたてた。

家のなかから話し声が聞こえた。男と女の声である。話しているのは、津川と戸口に顔を見せた女であろう。

……おまえさん、どうしたんだい、そんな恰好で！

女の声には、驚いたようなひびきがあった。

……いろいろあってな。

……寝間着のままだよ。

……寝込みを襲われたのだ。

いっとき、ふたりの声が聞こえなくなったが、

……帰ってきてくれたのかい。

と、女の声が聞こえた。急に、やさしいひびきになった。

……しばらく、ここにいるつもりだ。

……う、嬉しいよ。

女の声が、かすれていた。

また、ふたりの声が聞こえなくなった。佐太郎は、そっと戸口から離れた。いつまでも戸口に身を寄せているわけにはいかなかった。通りかかった者が、不審に思うだろう。

佐太郎は家の前を通り過ぎ、道沿いを歩いた。しばらくすると八百屋が目についた。親爺が店先で、四十がらみの女と立ち話をしていた。近所の長屋に住む女房であろうか。女は手に青菜を持っていた。青菜を買いに来たのであろう。

佐太郎は女が店先から離れるのを待って、親爺に近寄った。

「いらっしゃい」

親爺は佐太郎を見て威勢のいい声を上げた。客と思ったのかもしれない。

佐太郎は懐から十手を覗かせ、

「ちょいと、訊きてえことがあるんだ」

と、小声で言った。

「親分さんですかい」

とたんに、親爺の顔から愛想笑いが消え、腰が低くなった。

「この先に、借家があるな」

佐太郎が、来た道を指差した。

「へえ」

「うろんな二本差しが、入《へえ》るのを見たんだがな。あの家には、二本差しが住んでるのかい」

「二本差しが、妾《めかけ》をかこってるんでさァ」

親爺の口許に薄笑いが浮いた。何か卑猥《ひわい》なことでも想像したのかもしれない。

「妾な」

津川の妾宅らしい。

「それにしても、おかしいな。おかねさん、旦那は三月ほど前《めえ》に家を出たきり、帰《けえ》ってこねえと言ってたが……」

親爺が小首をかしげた。どうやら、妾の名はおかねらしい。

「女が恋しくなって帰《けえ》ってきたんだろうよ」

佐太郎は、邪魔したな、と言い置き、店先から離れた。それ以上、親爺に訊くことはなかったのである。

佐太郎は来た道を引き返し、富岡八幡宮の門前通りへ出た。陽が高くなり、通りを行き来する人の姿が、だいぶ多くなっていた。通り沿いの料理屋や料理茶屋なども店をひらいている。

佐太郎は、春日屋の店先まで行ってみた。店はしまっていた。入り口の脇に、顔見知りの岡っ引きがふたりいた。

「松造《まつぞう》、坂口の旦那は、まだいるのかい」

佐太郎は松造という岡っ引きに訊いた。

「半刻（一時間）ほど前《めえ》に帰《けえ》ったぜ」

松造によると、坂口たちは捕らえた弥五郎や子分を連れて、八丁堀にむかったという。

「離れには、だれもいねえのかい」

「四人、残ってるはずだ」

「行ってみるか」

佐太郎は、春日屋の脇から離れにむかった。

離れの戸口の樹陰に、四人いた。弥八の姿もあった。他の三人も岡っ引きらしい。顔を見たことはあるが、名は知らなかった。

弥八は佐太郎の姿を見ると、

「佐太郎、待ってたぞ」

と言って、足早に近寄ってきた。

「お師匠たちは」

佐太郎が訊いた。

「坂口の旦那たちと八丁堀にむかったよ。彦四郎さまたちも、ここにみえてな、坂口の旦那たちといっしょに、お縄にしたやつらを連れていったぜ」

弥八によると、捕縛したのは弥五郎と守蔵の他に子分が五人いたという。

「それで、津川はどうした」

弥八が訊いた。

「隠れ家をつかみやしたぜ」

佐太郎は、津川が伊沢町の妾宅に入ったことを話した。

「やつの隠れ家をつきとめたか。千坂の旦那に、すぐ知らせるといい。旦那はおめえのことを心配してたぜ」

「そうしやす。……ところで、親分たちは」

佐太郎が弥八に訊いた。

「おれたちも、そろそろ帰《けえ》るつもりだ」

弥八によると、弥五郎と守蔵の子分が姿を見せたら捕らえようと残っていたが、それらしい男は近付かなかったという。

2

華村は騒がしかった。今日はいつになく客が多く、どの座敷にも客が入っていた。由江は馴染み客の座敷をまわっているようだ。

藤兵衛は、華村の小座敷で由江が淹れてくれた茶を飲んでいた。さすがに、疲れていた。今日は暗いうちから深川に出かけて歩きまわり、津川と立ち合いまでしたのだ。

そのとき、慌ただしそうに廊下を歩く足音がし、おときが顔を出した。おときは華村の若い女中である。

「旦那さま、佐太郎さんがみえてます」

おときが、早口に言った。忙しいのだろう。

「どこにいる」

「裏の板場に」

どうやら、佐太郎は店の客が多いとみて、裏手にまわったらしい。

「ここに通してくれ」

藤兵衛は、佐太郎が津川のことを知らせに来たのではないかと思った。

「すぐに、連れてきます」

待つまでもなく、おときが佐太郎を連れてきた。

藤兵衛はおときに佐太郎の茶を頼もうと思ったが、やめた。おときには、藤兵衛にかまっている暇はないだろう。

藤兵衛は佐太郎が座敷に座るのを待ってから、

「佐太郎、ご苦労だったな」

と、声をかけた。

「お師匠、津川の隠れ家をつかみやしたぜ」

佐太郎が声をひそめて言った。

「つかんだか」

藤兵衛の声が大きくなった。

「へい」

佐太郎は、津川が伊沢町の妾宅に入ったことを話した。

「佐太郎、よくやった」

「それほどでもねえや」

佐太郎が照れたような顔をした。

「それで、津川はいまもその家にいるのか」

「いるはずでさァ」

佐太郎は、津川が妾のおかねに、しばらくここにいるつもりだ、と口にしたことを話した。

「それにしても、日を置かぬ方がいいな」

藤兵衛は、明日にも津川を討とうと思った。

「佐太郎、明日にも津川を討つつもりだが、案内してくれるか」

「承知しやした」

佐太郎はいっとき口をつぐんで考え込んでいたが、

「若師匠にも、お話ししやす」

と、首をすくめながら言った。

「わしが、後れをとるとみたのか」

藤兵衛が苦笑いを浮かべた。

「ち、ちがいやす。お師匠が津川に負けることはねえが、若師匠からも、津川や平田の居所が知れたら知らせてくれ、と頼まれてたんでさァ」

佐太郎が向きになって言った。

「それなら、彦四郎だけでなく永倉にも知らせてくれ」

藤兵衛は、己が津川に後れをとるようなことになれば、彦四郎が敵を討とうとして津川に挑むことは分かっていた。彦四郎と永倉のふたりなら、津川の遣う霞飛燕にも後れをとることはないだろう。

それから、藤兵衛は佐太郎と相談し、明日の朝、両国橋のたもとで会うことにした。

その夜、藤兵衛はいつもより早く床に入った。明日のために、体に残った疲労をとろうと思ったのである。

翌朝、藤兵衛は由江に見送られて華村を出た。由江には、心配させないように、守蔵一味を捕らえに行くとだけ言っておいた。

五ツ（午前八時）ごろだった。曇天のせいか、柳橋の通りは夕暮れ時のように薄暗かった。

両国橋のたもとで、佐太郎、彦四郎、永倉の三人が待っていた。三人は藤兵衛の姿を目にすると近寄ってきて、

「義父上、お疲れではないですか」

と、彦四郎が訊いた。

藤兵衛は昨日、暗いうちから深川に出かけ、守蔵を捕らえた後、春日屋にも出かけ、津川とも闘ったのだ。

「昨夜、早く寝たので、疲れはとれた」

藤兵衛はそう言って、両国橋に足をむけた。

藤兵衛は両国橋を渡り、人通りの多い東の橋詰を抜けると、

「津川は、わしにやらせてくれ。津川の遣う霞飛燕と勝負をつけたいのだ」

彦四郎と永倉に聞こえる声で言った。

彦四郎は永倉と顔を見合わせた後、

「そのつもりですが、義父上があやういと見たら、助太刀します」

と、静かだが強いひびきのある声で言った。

永倉は顔をけわしくして無言でうなずいた。

「勝手にしてくれ」

藤兵衛は苦笑いを浮かべた。彦四郎と永倉は、津川との闘いをどうするか相談していたようだ。

富岡八幡宮の門前通りにつづく道に入り、掘割にかかる福島橋を渡ると、佐太郎が先に立ち、

「こっちでさァ」

と言って、掘割沿いの道を北にむかった。

人影のすくない道をしばらく歩き、伊沢町に入って間もなく、佐太郎が路傍に足をとめた。

「そこの空き地の先にあるのが、津川の家でさァ」

佐太郎が前方を指差した。

道沿いに雑草でおおわれた空き地があり、その先に借家ふうの仕舞屋があった。

3

「津川はいるかな」

藤兵衛が訊いた。いなければ、出直さねばならない。

「あっしが、見てきやす」

そう言い残し、佐太郎は足早に借家にむかった。

佐太郎は家の戸口に身を寄せてなかの様子をうかがっていたが、すぐにもどってきた。

「いやす」

佐太郎が、藤兵衛たち三人に聞こえる声で言った。

「行くぞ」

藤兵衛が声をかけた。

藤兵衛たち三人が前にたち、佐太郎は後ろからついてきた。ここから先は、藤兵衛たちの出番である。

藤兵衛は家の脇まで来ると、空き地に目をやり、ここに津川を引き出そうと思った。掘割沿いの道は狭く、動きによっては掘割に足を踏みはずす恐れがあった。空き地は雑草に覆われていたが、丈の高い草も足に絡む蔓草もなかった。それほど、足場は悪くないようだ。

藤兵衛は家の前まで来ると、彦四郎と永倉に、

「津川を表に引き出す。見えないところにいてくれ」

と、小声で言った。津川は、彦四郎たちの姿を目にすれば、闘わずに逃走するかもしれない。

彦四郎と永倉は無言でうなずき、佐太郎とともに借家の脇にまわった。

藤兵衛はひとり、借家の戸口に足をむけた。表の板戸はしまっていたが、戸締まりはしてないはずである。

藤兵衛は板戸に身を寄せると、なかの様子をうかがった。話し声が聞こえた。男と女の声である。男の声は、津川のものだった。女の声は、戸口の脇で聞こえた。水を使う音もした。脇が流し場になっているのかもしれない。

藤兵衛は引き戸をあけた。狭い土間があり、その先が狭い板間になっていた。奥に座敷があり、津川が湯飲みを手にして茶を飲んでいた。

見ると、板間の左手が流し場になっていて、女がひとり立っていた。津川の妾のおかねであろう。

「千坂か！」

津川が鋭い声で言った。

おかねは驚いたような顔をして、土間に入ってきた藤兵衛を見つめている。

「まだ、おぬしとの勝負が残っている」

藤兵衛は、津川に目をむけたまま言った。薄暗い土間で、藤兵衛の双眸が底びかりしている。ふだんの藤兵衛の顔ではなかった。剣客らしい凄みのある顔で、老いはまったく感じさせなかった。

「よく、ここが分かったな」

津川は湯飲みを脇に置いて、立ち上がった。

「おぬしの跡を尾けたのでな」

「そうか」

津川は座敷の隅に置いてあった大刀を手にした。

「表に出ろ！」

藤兵衛が言った。

「よかろう」

津川は土間の方に足をむけた。

藤兵衛は、津川に体をむけたまま後じさって敷居をまたいだ。

流し場の前に立って、藤兵衛と津川に目をやっていたおかねが、

「お、おまえさん、何をするんだい」

と、声をつまらせて訊いた。顔がこわばり、濡れた手が震えている。

「すぐ、もどる。家で、待っていろ」

津川はそう言って、藤兵衛につづいて外に出た。

藤兵衛と津川は、空き地に足をむけた。津川は黙ってついてくる。

藤兵衛は、およそ四間の間合をとって対峙した。まだ、斬撃の間境からは遠く、ふたりとも刀を手にしていない。

そのとき、津川は家の脇に立っている彦四郎と永倉を目にし、

「騙し討ちか！」

と、顔を憤怒に染めて言った。

「おぬしと立ち合うのは、わしだ。ふたりは、検分役と思ってもらえばいい。ただ、わしが後れをとるようなことになれば、わしの敵を討とうとするだろうな」

そう言って、藤兵衛は刀の柄に手をかけた。

「おのれ！」

津川は抜刀した。

すかさず、藤兵衛も刀を抜き、青眼に構えると剣尖を津川の目線につけた。その刀身が、ひかりの線になっている。

対する津川は八相に構えると、刀身を寝かせて切っ先を右手にむけた。その刀身が、ひかりの線になっている。

霞飛燕の構えである。すでに、藤兵衛は津川の異様な八相の構えを目にしていたので、驚きはなかった。

藤兵衛は刀身をすこし下げ、剣尖を津川の喉につけた。津川の素早い返しの二の太刀に対応しようと思ったのだ。

……飛燕を斬る！

藤兵衛は胸の内でつぶやいた。

すでに、藤兵衛は津川の霞飛燕と立ち合っていた。その後、津川と切っ先をまじえた彦四郎からも、霞飛燕の太刀筋を聞いている。

藤兵衛は、津川の燕が翻るような返しの二の太刀をかわすなり弾《はじ》くなりすれば、勝機があると踏んでいた。

ふたりは、およそ四間の間合をとって対峙したまま動かなかった。藤兵衛は青眼、津川は八相に構えたまま全身に気勢をこめ、斬撃の気配を見せて気魄で攻め合っている。

塑像のように動かないふたりは、時がとまったような静寂と息詰まるような緊張につつまれていた。

そのとき、天を覆った厚い雲から、ぽつり、と雨が津川の額に落ちた。その雨が、ふたりをつつんでいた剣の磁場を切り裂いた。

「いくぞ！」

津川が声を上げ、間合をつめ始めた。

4

ザッ、ザッ、と津川の足元で、雑草を分ける音が聞こえた。津川は爪先で叢《くさむら》を分けながら間合をつめてくる。

藤兵衛は、動かなかった。気を静めて、津川との間合を読んでいる。

……一寸の間合の読みが、勝負を決する。

と、藤兵衛はみていた。

ジリジリと、津川が一足一刀の斬撃の間境に迫ってくる。

津川が霞飛燕の初太刀を放つのは、
あと、一歩――。

と藤兵衛が読んだとき、ふいに津川の寄り身がとまった。

津川の全身に斬撃の気がみなぎり、斬り込んでくる気配が見えた。

イヤアッ！

突如、津川が裂帛の気合を発した。

気合で藤兵衛の気を乱してから、斬り込もうとしたのだ。

藤兵衛は動じなかった。そればかりか、己から一歩踏み出し、斬撃の間境を越えたのである。

と、津川の全身に斬撃の気がはしり、全身が膨れ上がったように見えた。

……くる！

と、察知した藤兵衛は、半歩身を引いた。

次の瞬間、津川の体が躍り、鋭い気合と同時に稲妻のような閃光がはしった。

八相の構えから横一文字へ――。

迅《はや》い！　霞飛燕の初太刀である。

瞬間、藤兵衛はさらに半歩身を引いた。

津川の切っ先が、藤兵衛の胸の前を横にはしった。次の瞬間、津川の切っ先がひるがえり、逆袈裟へ――。

閃光が横一文字から逆袈裟へはしった。

まさに、燕が反転して飛翔するかのような太刀捌きである。

タアッ！

藤兵衛が鋭い気合を発し、逆袈裟にはしる閃光めがけて袈裟に斬り込んだ。一瞬の斬撃である。

キーン、という金属音がひびき、津川の刀身が跳ね返った。

……燕を斬った！

藤兵衛は頭のなかで感じた瞬間、二の太刀をふるっていた。咄嗟に、藤兵衛の体が反応したのである。

袈裟から横一文字へ。津川の太刀筋と逆である。

サクッ、と津川の右袖が裂けた。

次の瞬間、藤兵衛と津川は大きく後ろに跳んだ。お互いが、敵の次の斬撃を避けたのである。

ふたりは、ふたたび青眼と八相に構えあった。津川の右袖が、血に染まっている。藤兵衛の切っ先が、切り裂いたのである。

津川の右手に寝かせた刀身がかすかに震えていた。さきほどは細いひかりの筋のように見えた刀身が、いまはぼんやりとした光芒のようである。藤兵衛に斬られた津川の右腕が、震えているのだ。

……勝てる！

と、藤兵衛は思った。

津川の右腕に力が入り過ぎ、構えがくずれていた。おそらく、霞飛燕の太刀は鋭さを欠くだろう。

「霞飛燕、破れたり！」

藤兵衛が声を上げた。

「まだだ！」

津川が憤怒に顔をしかめた。顔が赭黒《あかぐろ》く染まり、細い目がつり上がっている。

「まいる!」

藤兵衛が、先《せん》をとった。

青眼に構えたまま、爪先で雑草を分けながら間合をつめていく。

津川は八相に構えたまま動かなかった。藤兵衛を見すえたまま斬撃の機をうかがっている。

と、津川が横に寝かせた刀身をすこしずつ起こし始めた。刀の切っ先が上を向き、通常の八相の構えにもどっていく。

……袈裟にくる!

と、藤兵衛は読んだ。

津川は通常の八相から初太刀を袈裟へ斬り下ろし、二の太刀を横に払うのではないか、と藤兵衛はみた。先ほどと、まったくの逆である。

横一文字から逆袈裟に斬り上げる霞飛燕の太刀筋を、藤兵衛に破られたとみた津川は、逆の太刀筋で藤兵衛を斬るつもりなのだ。逆の斬撃も、霞飛燕なのであろう。今度は、燕が上空から斜めに飛び、急角度で横に旋回するような太刀捌きになるはずだ。

藤兵衛は、寄り身をとめなかった。ジリジリと斬撃の間境に近付いてくる。ふたりの間合が狭まるにつれ、藤兵衛の全身に斬撃の気がみなぎってきた。

藤兵衛は斬撃の間境まであと一歩に近付いたとき、斬撃の気配を見せ、

タアアッ！

鋭い気合を発し、ピクッ、と切っ先を動かした。斬り込むと見せた誘いである。

この誘いに、津川が反応した。

甲走った気合を発し、八相から袈裟に斬り込んできた。

咄嗟に、藤兵衛は半歩身を引いて津川の切っ先をかわした。

次の瞬間、津川が刀身を袈裟から横に払った。

津川の切っ先が、藤兵衛の胸をかすめて横に流れた瞬間、藤兵衛は突き込むように津川の籠手を狙って斬り込んだ。

藤兵衛の切っ先が、津川の前に伸びた右腕をとらえた。

津川の右腕が、だらりと垂れた。津川の右腕の傷は深く、右腕を垂らしたままである。骨も截断《せつだん》されたのかもしれない。

津川は藤兵衛の二の太刀を避けるために後ろへ跳んだが、刀を構えることができ

なかった。
津川の右手から、ダラダラと血が流れ出ている。津川は左手で刀の柄を握ったまま
まつっ立ち、激しく身を顫わせていた。
「津川、これまでだ！　刀を捨てろ」
藤兵衛が声をかけ、津川に近付こうとした。
「おのれ！」
津川が叫びざま、いきなり踏み込んできた。
左手だけで刀を振り上げ、たたきつけるように斬り込んだ。気攻めも牽制もない、
捨て身の攻撃である。
藤兵衛は右手に跳んで、津川の斬撃をかわしざま、刀身を横に払った。一瞬の太
刀捌きである。
藤兵衛の切っ先が、津川の首をとらえた。
ビュッ、と血が赤い帯のようにはしった。津川は首から血を撒《ま》きながらよろめき、
足を草株にとられ、前につんのめるように転倒した。
俯《うつぶ》せに倒れた津川の首筋から血が噴き出し、叢のなかに飛び散ってカサカサと音

を立てた。

津川は四肢を動かしたが、首を擡《もた》げることもできなかった。いっときすると、津川は動かなくなった。絶命したようである。

藤兵衛は津川の脇に立ち、ひとつ大きく息を吐いた。激しく鼓動していた心ノ臓がしだいに収まり、体中を駆け巡っていた血の滾《たぎ》りが静まってきた。

そこへ、彦四郎、永倉、佐太郎の三人が駆け寄ってきた。

「義父上、お怪我は」

彦四郎が藤兵衛の顔の血を見ながら訊いた。

「いや、これは返り血だ」

藤兵衛は、手の甲で顔にかかった血を拭った。

「さすが、お師匠は強《つえ》えや」

佐太郎が感嘆の声を上げた。

そのとき、ぽつり、と雨が藤兵衛の額に落ちた。気が付くと、ぽつり、ぽつりと雨が降ってきた。空は厚い雨雲におおわれている。

藤兵衛は刀に血振りをくれて納刀すると、

「引き上げよう。これで、始末がついた」

と言って、空き地から路地に足をむけた。

彦四郎たち三人も、藤兵衛につづいて路地へ出た。空き地の叢に落ちる雨音が、藤兵衛たちの後を追うように聞こえてきた。

5

「爺々《じじ》さま！」

お花が藤兵衛の顔を見ると、声を上げた。

華村の戸口だった。彦四郎、里美、お花の三人が、午後の稽古が終わった後、華村に姿を見せたのだ。

「義母上《ははうえ》は」

里美が訊いた。

「居間にいるぞ。花たちのために、茶の支度をしている。何か、うまい物があるようだぞ」

藤兵衛が、お花の顔を見ながら言った。

今日は、稽古が終わったら彦四郎たちが来ることになっていたので、由江はお花のために菓子を用意したようだ。

彦四郎たちは、藤兵衛につづいて、居間にしている小座敷に入った。座敷に腰を落ち着けてしばらくすると、馴染み客の挨拶のために座敷をまわっていた由江が小座敷にもどってきた。

「お花ちゃん、いらっしゃい」

由江はお花に微笑みかけた。

「婆々《ばば》さま、お世話になります」

お花は大人びた物言いをし、畳に手をついて由江に頭を下げた。どこかで、里美がしたのを見て真似たらしい。

「あらあら、丁寧な挨拶だこと」

由江は、笑みを浮かべて言った後、すぐに、お茶を淹れますからね、と言い置いて、立ち上がった。

いっときすると、由江は湯飲みと茶菓を載せた盆を手にしてもどってきた。

「増川屋《ますかわや》さんの羊羹《ようかん》ですよ」

由江はそう言って、羊羹を載せた小皿をお花の膝先に置いた。

増川屋は、柳橋にある菓子屋で羊羹が旨いと評判の店だった。由江が増川屋に出向いて、お花のために買ってきたのである。

「羊羹、食べていい」

お花は脇にいる里美を見上げて訊いた。

「いいですよ」

里美が小声で言った。

お花はすぐに羊羹に手を伸ばした。嬉しそうな顔をして、羊羹を頬ばっている。

藤兵衛は、お花が食べ終わったのを目にすると、

「花、これも食べろ」

と言って、羊羹の載った小皿をお花の膝先に置いた。

「爺々さま、いいの」

「ああ、わしは羊羹より、茶がいい」

藤兵衛は旨そうに茶をすすった。

里美はお花が藤兵衛から渡された羊羹を食べ終わるのと見ると、

「花、奥の座敷で、折り紙でもしましょうか」

そう言って、お花を隣の座敷に連れていった。お花がいては、藤兵衛や彦四郎たちの話の邪魔になるとみたらしい。

里美とお花が座敷から去ると、

「義父上、その後、華村は変わりありませんか」

彦四郎が小声で訊いた。

「変わりない。……由江、ちかごろ客が増えたようだな」

藤兵衛が脇に座している由江に目をやった。

「はい、お蔭さまで、お客さまが増えました。それに、隣の富乃屋さんも商売を始めましてね。益造さんは、これも藤兵衛どのや彦四郎のお蔭だと言って喜んでおられました。彦四郎たちが来たらお礼を言っておいてほしい、と頼まれていたんですよ」

由江が目を細めて言った。

「わしも、益造と顔を合わせたとき、礼を言われたよ」

藤兵衛が言い添えた。

「それは、よかった」

彦四郎がほっとした顔をした。

「ところで、坂口どのとお会いになりましたか」

彦四郎が、声をあらためて藤兵衛に訊いた。

藤兵衛たちが津川を斬ってから半月ほど経っていた。彦四郎は、捕らえた弥五郎や守蔵のことが気になっていたらしい。

「会った。三日前にな」

坂口が巡視を終えた後、華村に立ち寄ったのだ。

「弥五郎や守蔵はどうなりましたか」

「ふたりとも、しばらく口をひらかなかったようだが、いっしょに捕らえた子分たちが口を割ってな。ふたりは言い逃れできないと観念したらしく、話し始めたそうだ」

「弥五郎は、春日屋の離れに身を隠して何をしていたんです」

彦四郎が訊いた。

「何年か前までは、賭場を守蔵にやらせていたようだが、ちかごろは賭場をとじて殺しの元締めに専念していたらしい。歳をとったせいもあるようだがな」

「殺しですか」

「そうだ。金を貰って、密かに殺しを引き受けていたようだ。殺し料は、ひとり数百両だそうだよ。弥五郎は、盗人より金になると嘯いていたらしい」

「殺し屋は」

「平田と津川だ。手引き役は、磯次《いそじ》という男のようだ」

磯次は、春日屋の離れで捕らえた手先たちのなかのひとりだという。

「弥五郎は、殺しの依頼者とどこで会っていたのです」

彦四郎が訊いた。

「離れだ。……弥五郎たちのやり方は実に巧妙でな。女郎や女中などから話を聞きだし、春日屋と玉置屋の富裕な客のなかで、殺したいほど憎んでいる者がいると知ると、ひそかに守蔵が接して殺しを持ち掛けたようだ。そして、離れで弥五郎が依頼人と会って話を決めたわけだな」

「それで、守蔵は玉置屋と春日屋を行き来していたのか」

「むろん、それだけではない。弥五郎は長いこと深川を縄張りにして牛耳っていたこともあり、遊び人やならず者のなかには、仲町の親分に頼めば、どんな相手でも始末してくれる、という噂がひろまっていたそうだ。……それで、何としても相手を殺したいと思う者は、自ら殺しを依頼するために春日屋や玉置屋に姿をみせることがあったらしい」

「そうですか」

彦四郎が沈鬱な顔をしてうなずいた。やくざ者たちの暗黒の世界をあらためて知ったような気がしたのだろう。

「弥五郎は、強欲な男でな。深川だけでは足りず、柳橋を足掛かりにして、浅草辺りまで縄張りをひろげようとしたようだ」

「それで、華村と富乃屋を狙ったのですか」

「弥五郎の狙いは、華村を春日屋や玉置屋のようにして、守蔵のような腹心をあるじに据えようとしたようだ」

「富乃屋は」

彦四郎が訊いた。

「富乃屋の裏手が、欲しかったらしい。店の裏が、空き地になっているだろう」

「はい」

彦四郎は、富乃屋の裏手が空き地になっていることを知っていた。そこには、彦四郎がまだ子供だったころ、大きな料理屋が建っていた。その料理屋がつぶれた後、料理屋は取り壊され、通りに面したところに富乃屋が建ったのだ。それ以降、富乃屋の裏手は、そのまま放置されていた。彦四郎は子供のころ、その空き地で遊んだことがあった。

「弥五郎は春日屋と同じように空き地に離れを造り、そこで殺しの依頼を聞こうとしたのだ。……むろん、離れも弥五郎の息のかかった者が使うことになるだろう」

「………」

彦四郎が無言でうなずくと、それまで黙って聞いていた由江が、

「そんなことにならなくてよかった。……藤兵衛どのや彦四郎のお蔭ですよ」

と、涙ぐんで言った。

「いずれにしろ、これで始末がついた」

藤兵衛の顔にも安堵の色があった。

そのとき、隣の部屋から、里美の「花、上手に折れましたね」という母親らしい声がし、つづいてお花の嬉しそうな笑い声が聞こえた。

「千坂道場の女剣士が、笑っているぞ」

藤兵衛が相好《そうごう》をくずすと、

「まだ、花は豆剣士ですよ」

そう言って、彦四郎が微笑を浮かべた。いつになく、華村の小座敷は明るい雰囲気につつまれていた。

この作品は書き下ろしです。

剣客《けんかく》春秋《しゅんじゅう》親子草《おやこぐさ》

剣《けん》狼《ろう》狩《が》り

鳥《と》羽《ば》亮《りょう》

平成28年12月10日　初版発行

発行人――石原正康
編集人――袖山満一子
発行所――株式会社幻冬舎
〒151-0051東京都渋谷区千駄ヶ谷4-9-7
電話　03(5411)6222(営業)
　　　03(5411)6211(編集)
　　振替00120-8-767643
印刷・製本―株式会社　光邦
装丁者――高橋雅之

幻冬舎時代小説文庫

ISBN978-4-344-42560-6　C0193　と-2-36

幻冬舎ホームページアドレス　http://www.gentosha.co.jp/
この本に関するご意見・ご感想をメールでお寄せいただく場合は、
comment@gentosha.co.jpまで。